"峰岚·精品库"

返照夕岚

『峰岚·精品库』编委会 编

海峡出版发行集团 | 海峡文艺出版社

目 录

返照夕岚

走进月亮湖（外一篇）

◎唐宝洪

在我的印象里，沙漠是苍凉的、粗犷的、豪放的、空旷的、狂暴的、野性的、干涸的、磅礴无际的。当走进位于内蒙古阿拉善盟腾格里达来沙漠腹地的月亮湖之后，我才知道，这些印象不是沙漠的全部。

我走进月亮湖，恰逢今年阿拉善盟那达慕大会举办之时。那天，新结识的几位蒙古族朋友带我们到一家名为"相聚草原"的酒家品尝奶茶和羊排之后，又提议我们去看神秘而迷人的月亮湖。

汽车在平坦宽阔的大草原上奔驰，同行的蒙古族姑娘娜仁娃（意为"向日葵"）、谢高娃（意为"美丽"）、阿拉腾高娃（意为"金子般的美丽"）兴致勃勃，一路谈笑风生。交谈中，我得知："腾格里"意为"天"，是当地人心中的文字图腾，蕴含"高、陡、奇、险"的深意；"达来"表示"大海"；"腾格里达来月亮湖"即"天湖"——天神庇佑的吉祥之湖。

车子越往前开，公路两边的植被越来越稀疏。不知不觉中，我们已来到了腾格里达来景区门口。在这里，我们改乘越野车，体验"极品沙海冲浪"。驾驶越野车的都是经过特别培训的司机，给我们开车的恰好是家在腾格里达来的一位小伙子，他把车开得飞快，越野车时而旋风般冲坡，时而呼啸着俯冲，时而大幅度侧身，从一个沙丘路跃到另一个沙丘，我们如同置身于惊涛骇浪中的一叶扁舟，从未有过的惊险和刺激紧紧地攫住了我的心，更让姑娘们捂着胸口惊叫不迭。在一块沙丘的坡顶，我们停车小憩，我赤着双脚，迫不及待地进入烫脚的沙海，极目远眺，只见茫茫沙海渺无边际，空旷而高远之上，伸展开一幅金黄色的、袤远的、壮丽的、雄浑的画卷。高高低低的沙丘是风的杰作，画卷之上，骆驼刺等植被这儿一小簇那儿一小簇地俯贴在地，显得孤零零的，是那般的无助，又是那么的倔强，似乎在守望着什么。置身于此，作为个体的人显得是那么的卑微和细小，恍惚之间，我觉得自己就是孤独无助的骆驼刺，甚至是茫然不知何去何从的被风暴掌握命运的一粒沙子。

经历半个来小时荡气回肠的沙漠冲浪之后，一座座蒙古包错落有致地嵌进我的眼帘。汽车"嘎"一声停下，月亮湖到了！蒙古族姑娘依次给我们献上哈达，引领我们走进月亮湖。在月亮湖门口，立着一堵由胡杨树树根组成的"忏悔墙"，上面也挂着一条凄美的哈达。景区导游告诉我们，月亮湖这个6000万年前形成的沙漠湖泊是地球古代海洋的缩影，地球上的生命曾在这里静静地、愉悦地孕育。沧海桑田，如今，地球上的不少物种处于濒危状态，有的已经灭绝！

胡杨是生命不绝的见证！我原以为沙漠几乎等同于生命的

禁区。穿行于青藤拱成的木制地板的走廊，我发现我又错了。走廊长长的，两边的沙地上长着汲汲草、柽柳、苦菜草、苦豆子、椿树、苁蓉树、甘草、沙枣、锁阳、苦马豆、沙鸡、玫瑰、鹅绒藤、卵叶连翘、黄花蒿、芦苇、唐古特白刺、榆树、樟子松、龙爪槐等，这些植物都呈现出一派生机盎然、无拘无束、随遇而安的形态。看来，沙漠之中，生命也是可以坚强的。

长廊把我们送到了月亮湖的渡口。趁着等待游船开过来的空歇，我端详起月亮湖，心里暗暗惊叹起来——月亮湖的形状酷似中国地图，芦苇的分布更是无声无字地将各省市一一标明。湖面上，芦苇中，成群的野鸭、灰鹤、红雁、鸳鸯自由自在地快活游荡，就连那天使般美丽和公主般高贵的天鹅也在湖中流连往返。如果仅凭想象，我不敢相信沙漠腹地竟有这么一个湖。

游船开过来了，我们跳上船，开始游湖。月亮湖湖面并不特别宽阔，但湖光沙色交相辉映，碧水蓝天浑然一体，集灵动、轻柔、明净和宁静于一身，为我们展示出原生态风貌。真令人不可思议，在茫茫沙海中居然有这么一个翡翠般的湖泊。在这里，我有了一种回归自然的感觉。

不多时，游船靠岸。这里所谓的岸，其实是一片沙滩。我漫步湖畔，听微风呢喃，听灰鹤啾啾，看芦苇摇曳，看野鸭徜徉，追寻天鹅那高贵而美丽的影子。这一切，如梦如幻，让我觉得自己恍惚置身于桃花源里。

沙滩上，游客三五成群，有的骑马，有的骑骆驼，有的滑沙，有的驾丁字车冲浪，有的打沙滩排球，有的下湖游泳，有的或躺或坐在凉亭里歇息。我随意走动拍照时，惊讶地发现有些游客身上涂满了黑油油的泥。经询问，我才知晓，推开月亮湖沙滩的表层，下面是厚达10米的纯黑沙泥——天然泥疗宝物，其质地远超死海的黑泥，怪不得有人大老远专程跑来到这里享受"黑泥浴"呢。

走没多久，我回到凉亭里，闭着眼睛静静地、惬意地躺在长木椅上，身心感到了极大的放松。这次月亮湖之旅，不仅让我亲身体验到了沙海的苍凉粗犷、豪放不羁、狂野雄浑、磅礴无际、壮美空旷，更让我品味到沙海那恬美、灵动、轻柔、明净和宁静的魅力，真是不虚此行。

天色不早，我们恋恋不舍地作别月亮湖。返回时，司机走另一条道路，让我们再次体验极度惊险和刺激的"极品沙海冲浪"，我们一路抛撒笑声和叫声。金黄色的沙海一路峰峦叠嶂，那壮美，那雄浑，那气势，深深地震撼了我的心。

到景区门口之后，我们换乘来时的车。在沙丘和草原的交接之处，我们看见一群又·群的骆驼。骆驼那淡定、从容、刚毅、坚韧的神情吸引了我们的视线，我们干脆停下车来，三步并作两步奔到骆驼身边，伴着骆驼溜达。我和同伴频频按动相机的快门，受惊的骆驼群疾跑远去，全然不顾我们的急切挽留。望着远去的骆驼群，我和同伴只好带着遗憾回到公路上坐车赶路。

是夜，我们和新结识的朋友畅饮奶酒和苁蓉白酒。娜仁娃、谢高娃特地邀来她们的朋友萨日娜（山丹），以示庆贺新、老朋友相聚草原。美丽、热情、豪放、开朗的蒙古族姑娘具有歌舞的天赋，她们3人个个能歌善舞，个个都似乎有三天三夜也唱不完的歌。按蒙古族习俗，主人每唱一首歌，客人就得喝一小杯酒。我酒量确实欠佳，在一连喝下数杯后，便想以矿泉水冒充白酒。娜仁娃发现我"作弊"，不依不饶地罚我喝酒。蒙古民族的豪放、真诚、热烈感染了我，我索性准备喝醉，就不再"作弊"，频频举杯回敬主人。

是夜梦酣。睡梦中，我又置身于极度惊险刺激的沙海冲浪，流连于那如梦似幻的月亮湖，细看骆驼那淡定、从容、刚毅、坚韧的眼神，谛听蒙古姑娘那深情而动听的歌舞……

凝望西普陀

"普陀"者，乃观世音修行的净土也，意为"光明山""美丽的小白花"。凝望，惶惶惑惑地凝望：与地处上杭城郊的西普陀合称为中国佛教"四大禅宗"的浙江东普陀、厦门南普陀、长春北普陀，名播中外，香火鼎旺，而上杭西普陀却"养在深闺人未识"，寺庙颓败，香火稀落，满目废墟，凄凉无比。

透过历史的千年风雨，透过纸渍斑黄的沧桑记载，凝望：上杭于宋淳化五年（994）设县，但却"没有上杭城，先有普陀寺"，建于宋盛于明的普陀寺，与踞于云雾缭绕之半山巅的上圆山云峰寺，以及如今供有闽省最高大如来佛像（底座110米、高23米）的七峰山大佛寺，同在西普陀山景区域内，连成一派，形成明代闽、粤、赣三省边区最大佛教圣地，僧众竟达千余。清同治甲子年所修县志及民国丘复所撰县志，谓西陀山"向极壮丽"，四周"冈峦回互，磅礴无际"，寺中"长松茂草"，"荆花灼耀于内，榕树檬密于外"，堪称"天下名胜之境"。

凝望西普陀，由此凝望一个与西普陀结下不解之缘的凡人——宏肖居士。宏肖居士上百次地深入西普陀，踏遍青山觅迹，窥到此处渊源悠长的佛教文化，保存完好的原生态环境和风光旖旎情趣横生的自然风景，能吸引众多海内外想在此处颐生养寿的华人、华侨，乃辞去令人羡慕的公职，苦心孤诣，矢志弘扬"西普陀"。

夏初的一天，应宏肖居士之约，我和十余位文友走进西普陀，凝望西普陀，感受西普陀。

山脚下，有一股清泉汩汩欢涌，无拘无束地穿行于山峦之间，时不时隐身于藤岩之中，和我们玩捉迷藏。年轻貌美的导游小姐绘声绘色地讲起"白蛇出水"的传说。某年，天大旱，庄稼枯得枝残叶败，人畜渴得奄奄待毙，西普陀香林大师忧心如焚。他连续七天七夜禅坐于莲花座，虔诚祈求上苍降雨。此情此景，感动了一只修炼千年的大白蛇，白蛇奋力钻入一巨岩中，钻了七天七夜，终于在岩壁上钻出一个洞罅，一股山泉汩汩不绝地喷溅而出，欢快地涌向山涧沟壑。泉水救活了庄稼、人畜，乡民感念香林大师慈悲心怀，此后年年都在白蛇出水的那天——农历四月十八，家家户户焚香祭拜，备三牲，共祈平安……

走没多久，一大片枫林组合成巨大的方阵，迎接我们迫不及待的脚步。这是闽省面积最大的枫林。颇有情趣的是，这里的枫树都成双成对地亲昵地站在一起，枝叶相连，根脉相依，活似永结同心的知音伴侣，令人好生羡慕。或许，这里曾发生过感天动地的凄美爱情故事，让枫林深受感染。或许，这里的一棵棵老树曾见证过一番番悲欢离合，要不，古树垂下的粗藤为何盘根错节地缠在一起？要不，为何有两束老藤交结成一个硕大的"少"字？至于这个爱情故事的具体情节，早已飘散在历史的风尘里，后人只能从枫林、古藤，从不着一字只长满苍苔的岩垒，去遐思、解读……

爬山爬了两个多小时，我们登上了云峰寺。云峰寺原藏有精美绝伦的两尊宋代石佛，惜已失窃。离云峰寺不远，有两处珍贵的古迹——香林塔和金玉顶。

香林塔，临济派开山祖师香林大师遗骨塔。香林大师圆寂后，众弟子、信徒于明崇祯五年（1632）在海拔930米的风水宝地修建此塔。塔内又有小塔，小塔里珍藏有大师的舍利。塔的中间留有一个小孔，以便让阳光把舍利照耀得祥光闪闪。

路转峰回，出现在我们眼前的是怎样一座塔啊！但见规模宏大的香林塔，塔顶的一角被撬开一个大窟窿，塔身似有风雨飘摇之感，塔里早已空空如也，塔碑渍迹斑斑，字体斑驳依稀可辨。塔的四周苔藓、香草、落叶零落一地，或仆或卧着几块刻满字迹的古碑，塔前的两块石龙旗，虔诚地守护着香林塔。塔前有一放生池，池里的水早已干涸，当年人们放生的鱼儿也不知游向何方。宏肖居士告诉我们：清初，西普陀成为抗清据点，清兵在付出惨重代价攻占西普陀后，在此大肆烧杀抢掠，不仅生灵涂炭、血流成河，连寺庙都夷为废墟；其后，远近贪婪之徒频频撬盗此处值钱物什，使此地风物遭到更彻底的毁坏。迄今，西普陀尚存有依稀可辨的寺庙遗址20多处。凝望着香林塔，我的心灵深深地震撼了：一代高僧，一生积德扬善，怎能料到人间的兵燹和贪婪的欲壑？据说，在当年僧众练武的殿子湖畔以及瀑布山头，时有三道极强的光柱腾空而起，持续好几分钟，令人触目惊心。或谓此乃香林大师在超度亡灵，在戒示世人勿贪勿暴。

然而，人心的贪婪怎一个"戒"字了得？！西普陀的书堂寺本是僧众研修佛学之净地，却因寺大门前的一株桃树而上演血的悲剧。这株桃树向崖而生，桃儿成熟时节，常常有人冒着生命危险攀树摘桃，结果有两人先后坠崖丧身。有感于此，此后这株桃树年年只开花不结果。我们游览西普陀的这个时节，正是桃儿丰收的季节，但书堂寺门前的桃树却依然不挂一果，让我嗟叹不已。

导游把我们带回云峰寺，我们在云峰寺用过午膳之后，就向金玉顶攀去。金玉顶海拔1030.7米，为西普陀山主峰，峰顶云雾缭绕。经一个小时的攀登，我们终于爬上金玉顶。只见一座庄严却简朴、厚重却颓败的建筑兀立于浩浩山风之中。这是历代高僧坐禅闭关之所——金玉顶，我没见到高僧，倒是看见历代高僧留在石碑上的铭刻之文。历史，在这里凝滞了，我凝望着东零西散地俯伏在荒草斜阳中的残碑断石，仿佛听到走过春夏秋冬、阅遍枯荣兴衰的山风在抽抽噎噎地诉说着世事的沧桑。

返归的路上，导游指点着或近或远的"合掌拜佛""神猴望佛""张飞断桥""僧人练武场"等景点，我们听得如痴如醉。正走间，一道瀑布势如奔龙，飞花溅玉，一泻而下，碰在岩壁上，跌宕多姿，腾起的水汽飘荡开去，如烟、如雾，如尘，似乎要把我们带入一种神秘的境界。瀑底有一石，酷似一僧脸像。许是瀑泉的趣味无穷，人们不断地发出赞叹，而石僧的脸上也开始流露出会意的笑容且开口欲言。

下山的路上，我们还看见了"白蛇出水"传说的衍生之地。在半山腰与我们捉迷藏的水就是从这里流下去的。

回到山脚下，忽然下起了大雨。避雨时，导游说西普陀山将成为集度假休闲娱乐、禅林颐寿山庄、禅林文化中心、台湾农业观光、客家民俗风情、山乡野趣探险为一体的旅游观光颐养宝地。我伫立着，凝眸注视西普陀山，凝望她磅礴无际的襟怀，凝望她超脱的悟性，凝望她原汁原味的生态森林，凝望她那异常清新的空气，凝望枫树生生世世成双成对、香林塔舍利闪闪发光、古桃树只开花不结果、殿子湖光柱腾空等留待后人解读的千古之谜……

猛然觉得，西普陀正一脸灿然地凝望世间烟云，与我相看两不厌。

唐宝洪，男，1969年生，福建上杭人，中国作协会员、国家二级作家、福建省作协全委会委员，现为闽西文学院副院长。诗作曾入选《中国年度优秀诗歌2015卷》《中国年度优秀诗歌2018卷》等选本。

握紧这柔软的人间（外七首）

◎ 哈 雷

天有转暖的迹象
从桃枝上
一寸光阴，露了端倪

一棵酢浆草，悄然起身
不小心，弹出
昨夜隐含很久的露珠

它们陪着我活过又一茬冬天
缓慢地，醒来。又缓慢地
握紧这柔软的人间

现在离我们一起去喝春天的花酒
还有一程，离醉倒
却只差一撇

2020 年 8 月 3 日

返照夕岚

黄金菊

一丛阳光

猛然落在了地上

挡住了我的路

我长久地和它对视

瞳仁，一点点

放大，又一点点亮起来

它分明是有话对我说，它自己

原本也是

低入人间的一物

当我抬起头来

蓝色的天空，一朵硕大的黄金菊

正在光宗耀祖

2020 年 8 月 5 日

啃　秋

秋天

一巴掌掴了过来

拍醒了春梦

我要下床，上山

摇树

捡果子

让十个手指流出

蜜来

夜晚

在一轮明晃晃的月亮下面

用干柴火

燃起一堆火

烤红薯，啃秋

在金黄稻垛堆起的

帐篷里

我把吃剩的红薯皮

抛还给了

熟稔的旷野

2020 年 8 月 7 日　奥克兰　写于立秋日

返
照
夕
岚

报春花

受寒的土地还在抱紧自己

薄雾来临，撕开它贴身的那件青衫

露出一串紫色的嫣然

走向村庄的人，忘记了那些悲凉的冰凌

忘记了老碓房边一羽残存的苇草

竖着耳朵，听到弯曲的山径中传来清溪的咳嗽

宛若劫后重生：我们猜拳、耍酷、玩飞花令

拿酒和色娇纵自己，朝天空露出私处

此间，窗外乱红，已深半指

2020 年 8 月 9 日

一束光在等我

我的身体经历一回大筛查

暗访过我的数据，一念之差

就坠入冬天的隧道。那里，一束光在等我

它要我交出隐疾和报告

握紧这柔软的人间（外七首）

吞回肚肠和舌头

吐出不辨事物奥秘的眼珠

它忘了我，还是一个脱下袈裟的僧人

在黑暗中行走已久

命有多长，修行的路就有多长

我躲过雨水和阳光。还有风，提着冰冷的刀

架在我的脖子上，要我双腿跪地

在铁幕般的隧道里，也有威权一席之地

一只蛙跳了出来，带来一百只蛙的询问：

需要趴着多久，才能转世为人

2020 年 8 月 11 日

与正中书

我开始带着自己远行

而你不停痴念，写诗，闲暇时发送一两份文牍

把名字签得像苍耳、茅公草

把冠椅扶得油光发亮。偶尔看一眼

窗外白云，想着比白云更远的人

返照夕岚

我手上还有一串你送的佛珠

在膨胀的星球上，它是一串遁世的种子

发出寂静的影子芽孢

生长成我的掌纹

此刻的月亮一定训练有素

内敛，隐忍，不像李白那些失控的词

从唐朝一直坠落到现在

砸在霜白的床前

——墙上，时间荡出波纹

写不出诗的时候，我会在一张白纸上

郑重其事，签名，画押

好像只有这样才能渡过你我之间

辽阔的白，让我不顾一切地想起了你

"白，有着忍不住的美"

2020 年 8 月 18 日

跟着雨

雨，落在她细腿上

藕拔出了湖面

藕抖落了泥，变白

雨带着雾，会爬上她旗袍的开衩处

变藕，又爬上油纸伞

变悠长的雨巷

我的目光像丁香

跟着雨爬

一直爬，终究没爬出

她的指尖上

那一小小点寂寞

2020 年 8 月 19 日

我们是相拥而泣的两滴露珠

撂在荒野上的人，抓一把小溪中的月色

捻成一串珍珠手链送给你

——你的琴声是从指尖发出的，一定也沾上月光

溅到额头上，刘海也能发出风声

我不是个擅长聆听的人，常常会误判梵语

和诵经的声音。贴近你的小心脏，我感到这个春天

返照夕岚

不安和冷漠，反复发作的病症，扰乱了生活
我把这一切都归咎于与你失散的那个冬天

我们都在寻找中失落，又在失落时寻找
与山川岁月说着往复更替的故事

今年，一声春雷，几场细雨，唤回你三杯两盏
楼上空阁处摆好了茶席，冲好了头春

——等你。我们像两滴露珠相拥而泣
又像在荒野深处，找见彼此内心有光的人

2020 年 8 月 15 日

哈雷，中国作家协会会员，福建省文联委员，编审，中文书刊网总编辑。参加第六届《诗刊》"青春回眸"诗会。出版《零点过后》等十多部诗集、散文集、报告文学集。作品被《新华文摘》《文学报》等转载，入选多种选本。现居福州、奥克兰两地。

握紧这柔软的人间（外七首）

遇见桃花潭（两首）

◎ 涂映雪

成都掠思

六月，暖风拂过宽窄巷子，
扬起一首歌谣从墨瓦上滴落，
淌下一地的慢时光
盖碗茶升腾起氤氲的茶烟
牵出几缕乡愁

市井人家古宅表演着"变脸"
杜甫草堂的竹林在不远处唱诗

这个时辰，可以深闻一朵荷花
可以莲步丈量一条古巷的历史
可以细听羌笛隐约的高低音
可以伸手触摸岷江的心跳

返照夕岚

从窄巷走向宽巷

在沿街的咖啡厅里

点一杯往事，轻品

就着低垂的夜幕

放下一座城

放下一年四季

遇见桃花潭

在季节的末端　伫立

桃花已经逃离

凋落在斜阳深处

凝眸处

你把厚重的史书

裁成一缕缕的白雾

自千尺潭底升起　将离殇托举

于岁月之上

此时

白鹤鸣曲

垂柳跳着霓裳羽衣舞蹈

云朵从千年以外赶来

探出万重山峦

与岸相握

划一叶瘦瘦的扁舟　　青袂翩跹

自青弋江逆流而上

穿过唐朝的墙

打捞诗仙遗落的

墨痕

风起　　渡口

把洇湿的梦

倾入万顷碧波　　一只蜻蜓

自潭雾里　　飞出

扇动了一记翅膀

云的彼端

清冽的泾水　　从你的笔锋

淌下　　凝成了

一粒青青的桃

涂映雪，笔名冰梦，1968 年生，籍贯福州。中国诗歌学会
会员，中华诗词学会会员，中国楹联学会会员，福建省楹联学

返照夕岚

会副会长，福建省作家协会会员。作品刊于《诗刊》《星星》《福建文学》等，出版诗集《冰之梦》。曾获中国诗歌春晚2019年度《十佳新锐诗人》奖。

乡愁四种

◎ 简福海

泥　土

　　山在大山的深处，这是对不太诗意的山旮旯里的家乡诗意的表达。山多了，田就少，其实是一个困阵。尘网劳蛛似的乡亲们，便自力更生地从山坡野地去寻求生命的依靠。土堆山冈被削下去，沟壑坑洼被填起来，在同一个等高线上，梯田的长埂以最柔软的线条和最坚硬的质地，堤坝式地砌起。是的，它们的使命就是一道坝，誓死拦截百姓一箸一碗里的着落，打败贫苦的咒语。

　　依山赋形的结果是千层万叠向上的铺展中尽显高低、层次、阔狭、弯直及弧线、拐角的变化。那里，时空弯曲，乾坤挪移。它们的名字叫梯田，苦涩而又美丽。它们是乡亲们的粮仓；有一天，竟也成了镜头的焦点，形形色色的人，在此行行摄摄。

　　田埂泾渭分明地分割出大大小小的田块，归属不同的主人，各植所需。表面上看，一丘田，就是一座孤岛，互不相干，然而，当你引水灌溉时，便会发现远不是这么回事。如果某一块田远离沟渠，隔着别家的田，三丘五丘，要实现饮水解渴，得顺着渠口，依次将每一丘田灌饱了才行，其间没有"捷径"，这是乡村的秩序：田，有水一起喝；人，才能有饭一起吃！当依偎连片的青葱在面前涌动，你恍然醒悟：许多的美，在自然天地，在泥土之下，在植株的根部，在眼睛看不到的地方，细水长流地秘密流转。这是田头地尾的另一种水到渠成——植物最后都会出落得水润纯良，好比伺候这片田地的美丽的乡亲、美好的规则。

乡下的土地是活着的，是有一口气的。地气一动，便要呼出那一波又一波的绿色。这不，一俟节令敲锣打鼓，最先感知的往往是泥土，尽管霜雪覆盖之下沉睡一冬，但当这第一声鸣锣响鼓掠过耳际，第一缕春风吻过眉睫，地底涌动着的暗流，便瞬间汹涌成离离泥上草。此时，节令的锣鼓加之泥土的气场，构成了稼穑的宣言，再懒惰的人也不敢不顾脸面，用俚语形容就是不敢"跌锣跌鼓"——客家方言是泥土上长出来的，所以像植物一样丰润生动。伴着一年中最勤快最早到的立春，乡亲们立起了做一番大事的雄心，农谚"宁舍一锭金，不舍一年春"生动描述了众生犹惜寸阴中那份脚踏实地的抱负。

乡亲们紧锣密鼓地扶犁翻土，一时间，田土开花，喧腾腾地扬锣擂鼓，仿佛木匠的刨刀轻捷滑过，刨花翻卷木屑纷飞，远远望去，一垄深一垄浅，乌黑中间杂褐黄，折扇一样，展开，展开，满是虹彩。

百姓一年的生计与希望的虹彩，就是从这一片田地开始的。

当然，还需要一粒稻谷，一粒成熟饱满并拥有一副拯救饥饿的热心肠的稻谷。如果你见过春风是怎样从裂开的谷口吹出一片绿来的，就该为沉甸甸的稻穗倒下而欢呼鼓掌。这些归仓的谷粒，只是暂时沉睡，而非沉沦，因为它们懂得：天高地阔，时序有度；生死轮回，不惧不忧。

雷声从天边隐隐传来，某些颗粒饱满而内心虚静的谷粒，就从记忆和仓库出发，乘着江南二月熏风，漂流在春江水暖浸灌的田沟，裂口生芽。先是一星珍珠白，尔后一抹鹅黄，再后是一段浅黄，接着是一丛翠绿，然后是一片玉绿，最后又是一捧橙黄，直至金黄。这是稻谷从春到夏的色泽，也是稻谷的一生，充盈克难的耐心与奉献的光泽。乡亲们伴着稻谷许多个一生后走完自己的一生，亦是从容淡定，不慌不忙。

当金色铺满大地，农人便低头向低着头的稻穗致敬，眼里有一粒像稻穗一样饱满的泪珠。是啊，稻谷慈悲的一生，简直是一首歌。前奏是浸种，过门是插秧，高潮是收割。曾经，我细瘦的双脚也踩在被水泡过、被牛踏过、被犁耙翻读过的田里，当稀泥从脚趾缝间淘气地挤钻出来，我用秧苗在田间写下几首歪歪扭扭的诗行。一步步退着，就退到田埂边了，既然"纸张"用完了，就收笔吧，从田间拔出脚丫，水面漾开一圈圈波纹，那是我对这首小诗反复画上的句号。

休憩间隙，站在田埂上，站在梯田云涌雾绕的高处放眼四顾，"绿毯子"从上往下滚，那个不管不顾的泼皮劲儿，一会工夫便铺绿了大半个江山。我知道这张毯子在视线的尽头还在滚动，没有停歇的意思，它要铺展出一个庞大的气象。那一刻，我被震撼得失语，仿佛观临了整个春天的诗意，带着人间烟火的荣光与磅礴。原来，广阔的田野是天然的舞台，斜风，细雨，还有燕子的啁啾、四起的蛙鸣，是再好不过的舞美布景了，一切都在等待秧苗的专场演出。

发生在泥土上的故事，并非都是安然无恙、风调雨顺的主题。有时天旱，泥土只好干着急了。然而，泥土是不贪不嗔的，一场小雨，便感动得对整个燥烈深广的世界原谅到底。你看，一夜之间，泥土就将身上依附的禾株彻头彻尾地润湿抹绿，直到收获的季节，用充满黄色金属质感的声音把这场小雨唱成一首赞美诗——甘霖！

静美而丰饶的泥土，方舟一样泊着，不仅生长植物，也生长房屋——土楼。泥土对乡亲们的关怀抚慰，竟是这般的宽宏而彻底。那个泥土构筑的世界，如此之小，又如此之大，客家人就在一个个高矮方圆的屋檐下生息繁衍，历经着这样的"小"和"大"走到了今天。琐碎劳碌的光阴，因为这些泥土的关怀，自有一番尘世饱满的安宁自在；泥土语境中穿行的人们，也磨出了泥土般黝黑粗糙的皮囊，锻得一副安土乐天的情怀。

有些土楼完成使命后原地倒下，从土里来回到土里去的姿态，仿佛一树繁花凋谢之际烧尽璀璨的悲壮无言，抱持安然的顺应和对自我的肯定。如果不倒下，还能剩什么呢？倒下成泥成灰，至少可以匍匐长出青蔬甜果，胜过一切外在残立的虚名——这是对生命的透彻。倒下的生命果真不死，还在决定着植物的活路，恩赐着动物的活命，影响着人们的活法，从这点上看，谁又活得过泥土本身？

写到这，泥土与人构成的关系图谱，不期然地映现于前。似乎，人们的吃、穿、住、行，以及夹杂乡音的奔波、内心的悸动和隐秘的梦想，都来源于泥土。泥土这列方舟啊，此岸彼岸，渡人渡己。激动之余，不由得轻点一支思绪的长篙，这舟子又载动了乡愁。我突然希望，将自己嵌到土墙上去——哪怕只在那里待上十天半月，一阵风吹雨打，就掉落下来，也愿意。如此，好歹以泥土的身份做了一回围墙，护炉火不熄，看炊烟升起……

米　酒

客家人是如何遇到米酒的？又是怎样遗失的？

《说文解字》："酒，就也，所以就人性之善恶……"就，迁就，满足。靶向是情感，精神。

一个人外出，终究要还乡的，那怅惘之际，烈性仗义的酒，也许是最好的知己。客家人，山一程水一程地走，离开家乡多久、多远？起点那丛茅屋还在吗？也许，隔着迷离的醉眼，才望得见秋风中那瑟瑟的乡愁。

饭甑、陶缸、搅棍，想不到这些来自木头或泥土制成的物件，构成了酿酒的全部器具。透过这些谈不上美感也不见神秘的简易工具，很难相信就是它们彼此联手配合，决定着一个故事的变化和走向。连带着的还有酒曲。酒曲多像一位魔术师，在它掩而不揭的手法之下，时光像水一样进入米粒的身体，让一粒又一粒洁白的米，膨胀，异变，让故事生长发酵和弥漫，最后拥有整个世界。事以密成的道理，熠然其中。

冒着气泡的酒缸，热闹，蓬勃，没有任何情节是多余的。在那酒缸背后，我隐约感觉到酒杯间碰撞的声音，饮酒的人那坚硬躯壳包裹之下悲悲喜喜的情感，感觉到人们在长喝豪饮之后，倾向某个角落倾诉，或倾吐。

瓦屋鳞然，星星擦亮夜晚，浮出弦月一枚，淡黄得像新酿的酒，洒下的光线带点潮气，像刚落地的黄叶来不及干透。那酒香，飘。入鼻，人晕晕乎乎，也飘。那酒香，应该是院中两棵桂花树的幽香，秋声中，欢天喜地地漫染。那酒色，是母亲的乳汁中滑入几滴蜂蜜的稠黄，那色泽与质感，缓缓释放蚂蚁容易找到的信息——甜。那酒糟，沥干最后一滴酒，俨然老人离世前的不放心，非要再做点什么。那好吧，满足它的愿望，让一缸酒糟掩埋泡渍生姜、大蒜、鱼干，或者干脆挖出一盆干瘪的酒糟，撒上少许白砂糖在锅里翻炒。这几样菜，你是不是熟悉有加？在青黄不接的菜荒时节，是否诱惑过你的味蕾？

酒倾在碗里、杯里。旧时的瓷碗、瓷杯上，通常有青墨浅淡地涂抹，开着花。端持啜饮的人也希望从单调枯燥的岁月边缘舒展一下身体，体验日子的芬芳如花。

透过人生的链条，看看酒是如何介入客家人的生活，如何芬芳着俗世的烟火气息的。新生儿甫一诞生，产妇的卧房就混合弥漫着酒香、奶香——作为功臣，产妇们理直气壮地享用酒炖鸡、酒煮蛋这些"坐月子"滋补品。小孩求学成长的年月，注重耕读传家的客家人，是万万不让小孩碰酒的，因为怕伤着脑袋。在肉里、汤里放些酒娘作佐料，虽是客家人的烹调习惯，然而只要饭桌上有小孩，便保持必要的谨慎和敬惜。所谓耕读传家，"读"是"耕"的最佳旨归，无人轻慢。再往后，成年了，推杯换盏把酒共欢成了人际交往的必需，与别人交上朋友之前，自然先与米酒交上朋友。当然，还有诗人用那管雄笔早已替我们郑重描画过的场景：逢年过节时的"宽心遣兴莫过酒"，三五朋友相聚时的"能饮一杯无"，我敢断言，只要是客家人，或多或少都经历过这些场景里的杯来杯往，都铭刻过"日影斜照社鼓远，家家扶得醉人归"的凝远记忆。

客家人好客，有人来，必挽留，摆酒。这种待人接物的诚恳，有如米酒一样美好。自酿的米酒整年不断壶，随手可取。酒是情感的酵母。只要有酒，哪怕桌上只有一碟花生、两盘青菜，也有滋有味；只要有酒，哪怕对饮成双，也有声有色，伴着一声高过一声的划拳行令，米酒，一碗满过一碗地穿肠过肚。所谓的陶醉，无非是酒不醉人人自醉。米变成酒，酒入肠可热血，最终变成温热的话语，说啊说啊……

在家乡，各门各户都有这样一个妇女，擅长酿酒。挑一个略有空闲的日子，把米粒蒸煮成饭，再把饭酿成酒，把酒化成气力，灌注给男人，男人再将气力灌输给土地，土地吐出种子，种子再育成米粒，米粒又交给妇女蒸煮酿制……清水白米，默然活命；百年千年，循环往复。

如果没有这样勤快的妇女，没有妇女酿造的米酒，当年莽莽群山深处的客家世界会是怎样的贫困无力？湿气重，农活多，何以解乏？拖着泥腿从田里回来，放下锄头畚箕，空腹先来一碗米酒，胜过参汤。"嫩寒锁梦因春冷，芳气袭人是酒香"是诗人的吟咏，是寒窗冷炭中的期盼，是孤星入梦的失落，而一生在泥土中摔打的乡亲没有闲情来矫情，他们不可能邀明月入酒、掬星光入画，没空去琢磨那些高雅的诗句，他们关注的是手上的碗和身上的命。摊在他们面前的现实是：睁开眼的每个日子都有干不完的活，扛住这些活，才能抱住活路，寻到活法。他们要的只是驱累祛湿，通体舒泰。他们不能倒，更病不起。生活重压之下没有其他突围办法，牵引出的只能是日不断饮，酒的基因就此融入客家人的血液，因此，老幼妇孺爱喝、能喝、善喝。至于能喝善饮的程度，从客家方言说"吃酒"二字略见一斑。记得梁山好汉，他们也说：哥哥，吃酒！真是豪放痛快至极。这正是客家人的性情写照，从中亦可窥测客家人的酒量。

今年中秋回去，家家户户已不再酿酒，摆在桌上的是红酒、白酒、啤酒，甚至洋酒。红的太酸，白的太烈，黄的太淡，洋的太怪，总之，找不到米酒的甘冽醇香。酒和乡村在走着一条逆向的路。五花八门的流水线上的酒刚刚从城市逃离的路，却是村庄即将抵达的地方。当年，那些会过日子的人家在春雷惊醒土地那一刻，曾是怎样细细盘算着该种多少粳禾、糯禾——那些饥年，粳米关系着一日三餐，糯米则决定着缸中美酒的深浅，他们即便挣扎在贫困的岁月缝隙，也要酝酿出美好的生活。

现在，大家有闲功夫和闲钱，就这么把曾经同甘共苦的米酒从这个时代狠狠地抛下。那掐指细算的谋划，那滤酒入瓮的举止，悄然间已是荒凉的手势。

大地金黄，人间沉香。稻谷能够凝露为酒，从明黄的含着阳光芬芳的谷物，到橙黄的带着柴灶暖意的酒水，大抵是最好的命运和隐喻了，过程和结局书写着大地的体贴和人间的温热。可是，红绿的人生，多味的生活，顾不上门前稻穗黄，忽视了屋旁清泉响。那些个饭甑、陶缸、搅棍，一副残破的面相，布满裂缝，想必记忆也被风干了吧？它们忘记了在炉膛火焰吻舔下的白气盘旋，忘记了在屋角的稻草围席紧抱中的香气缭绕，只好枯坐在房顶，独自乘风凉。

——为米酒难过，尔后感慨。米酒，曾经活在乡亲们生命必须依偎的桌旁。除了米酒，哪一种液体能够沿着人类的躯体，一寸寸渗进血肉，直抵骨髓？然而，在当下的乡间，却遗失了一缸米酒，这多么耐人寻味。

菜干遐思

每次想到菜干，眼底总是一寸一寸印染出这样的画面：

贴着白色的墙面，一头是院里的矮树杈，一头是楔入地底的尖耸的带着横杈的竹竿，两杈之间搭着一根瘦长的竹竿。芥菜一溜儿倒挂在竹竿上，像是一群青头绿衫的孩子，听着号令，一字排开，在单杠上操练。

老旧的院子，高远的蓝天，金色的阳光，灰白的墙面，暗黄的竹竿，苍绿的芥菜；有风贴着黑瓦滑来；竹架下，偶尔蹲伏一只杂色花斑的猫或狗……安静的构图里，颜色热烈饱满。

这样的画面，除了表面颜色的光影变幻，内部也有着惊心动魄的变化。芥菜站在原地不动，恭默安静，却对世界具有足够的洞察，它们用"静"来看待世界的"动"，用自己的"干爽"顺应日照的"燥烈"。芥菜一点点缩小自己，成为大地上遗忘的一茎枯草，甚至是枯草尖上的一丝微颤。它终于脱去了多余的水分，足够资格将残存的美味和干瘦的价值，折叠保存在岁月的褶皱处——这是一棵准备成为菜干的芥菜所期待的结局。

远望，叠衬着白墙，竹架上垂挂的芥菜，干黑如墨迹，像是宣纸上笔画开张、气度凛然的书法作品，又像是墙面雨水浸渍后留下的各形各色的漏痕。

这是制作菜干的一道工序——晾晒。永定菜干有"三蒸三晒"的说法。当我颇费笔墨，铺展这样沉声静气的画面，在另一些人眼里，可能是一种矫情。他们对菜干有着刻骨的爱恨。他们回忆的底片一步步踩进显影液，显出的画面可能是另一番情状。

每天，往八仙桌上一坐，搁在桌上、盛在碗里的，都是乌黑的一团，哪有"神仙"的感觉。除了菜干，还是菜干，单调而又乏味。怨言涌上喉咙，说不出，只好搅拌着菜干一齐咽下。在菜干朝朝暮暮、餐餐顿顿的包围中，一里又一里，把困难扔在了身后。

其实，这种感觉我也略约体味过。儿时，青黄不接的一日三餐就是这么过来的。粗绳索似的菜干，硬生生结扎了我的食欲。对此，我的姐姐、我的邻家兄弟更是感受殊深，他们中学时代的住校生活一整个就是"菜干生活"，从周一带一搪瓷口杯的菜干要挨到周末回家，五六天的日子一律菜干当家。家里稍微宽裕的，会在菜里焐几块肥肉，油汪汪得惹人羡慕。沐浴在温饱初霁的晖光里的他们尚且如此，遑论我的长辈和先祖了。

但是，如果不是菜干，还能有其他什么东西可以这般忠实地陪衬着米饭？如果不是这些不起眼的根枝茎叶，还有谁能填充我们的辘辘饥肠？从这点上说，倒应该感谢菜干，在无数个饥馑岁月，它挺身而出，大施援手，或清蒸，或干炒，或泡汤，颇像一位壮士豪侠，危难时刻赶来救场，使出浑身解数，撑起穷苦农家和莘莘学子的山河岁月。

上山下乡的年代，菜干成了驻闽西知青的盘中餐。干瘪皱缩的枯枝般的菜干，与饱满多汁的花儿似的青春，既相依相伴，又鲜明对照；既是冤家仇敌，又是贫贱夫妻。知青们品尝过菜干的千滋百味，菜干也见证过知青们的喜怒哀乐。若干年后，菜干成了这群人"忆苦思甜"的载体之一，他们笔酣墨饱地写下"菜干岁月"的碎思琐念，为饥饿的记忆疗伤解毒。

理悟、参透，或者说某种程度上的通达，终究是人生漫长旅途的走向。菜干，对于一手拿锄头一手捧书本的他们，有如读书，吃得进去，品得出来。他们知道，菜干是干枯的、喑哑的，在那个阴沉的仿佛看不到未来的迷茫世界，其实是温润的，泛着光泽的，像驻地老乡默默而又慷慨的关照。他们花发枝满的年月，本应像地里的芥菜，出落得一派青绿和无忧、自由和挺拔；却偏偏又在瘠瘦的岁月中沦为菜干，面孔枯暗，梦想缩水。当然，他们明白，不是因为梦想太瘦小，而是大地太辽阔，岁月过于寒凉，时代把潜在的热望绞干——那是必经的命运考验。他们这样想着的时候，经年悲喜，已风烟俱寂。

对于那些漂洋过海的客家华侨，行囊里也少不了菜干。他们在远方的远方，在世界的另一边，就着异乡的明月，嚼着泛起盐花的菜干。唇齿咬合中，饮尽乡愁，内心洒满梦的星光以及渐渐热起来的语言——既然，家人懂得在菜里放盐，越洲跨海在外打拼的他们也懂得在事业里放梦想，在肩膀上放责任。

——当我像拾掇菜干碎屑一样，捡拾起这些附在菜干之上的贫苦的挣扎、漂泊的艰辛、隔海的相思、青春的错愕……我突然想知道，为什么不用动刀动枪，菜干就已成为客家人千百年来可资共享的美食。我想回过头来好好端视菜干原本的形状、色泽、质地、筋脉、叶纹，其中暗藏玄机。

早先"客而家焉"的客家人一路迁徙，腌制易携带贮存的菜干，就成了漂泊路上的一种口腹之需，并积年成习。这是菜干的身世起底。

芥菜生性随和，楼前屋后随便辟块地，撒上芥菜种子，几番浇水施肥，不出个把月，就冒出一片深绿浅绿来。遍地丰产的芥菜，一时半会吃不完，又舍不得烂在田里，于是想方设法制成菜干，让它们以另一种方式活在人们的居家日子里。往往一冬制作，可备四季之需。这是菜干的条件禀赋。

腌制菜干是手艺活，菜干难免携带原材料的品相和质地、制作者的性情与技能、制作时的季节与气候等信息，因而构成味道口感上的差异。这是菜干的面目情味。

农村的腌菜缸比米缸多，即便当下物阜民丰，乡下人还是不肯丢弃腌菜传统。一个人腌菜的本事，足以显示其过日子的能耐。这是菜干的表征隐喻。

每一样东西的存在都有千百种理由，都是一个传奇，菜干亦是。它已成为身世与起源、形态与特性、意喻与象征的综合体，它是土地真正的乡邻，是客家人精神上的血亲。菜干散发出来的幽幽气味，像雨后的云朵一样弥漫，它们聚集、分离、嵌入、重叠，一直流动在我们头顶的天空中。

近年，客家餐馆在城里纷纷安营扎寨。此番好局，作为"闽西八大干"之一的菜干功不可没，因为食客光临"客家餐馆"，大抵是冲着"梅菜扣肉"这道招牌菜去的。曾有外地的朋友绘声绘色地跟我描述吃梅菜扣肉的享受：咬在口中的五花肉酥烂无比，肥而不腻，平时难以下箸的猪皮突然变得诱人；吸足了油的菜干乌黑油亮，冒着丝丝香热之气，不断煽动食欲……直听得我也垂涎欲滴。当梅菜扣肉摆在闻香趋步的朋友面前，远远没有期友的话多，但沉默也是一种交谈，总会传递出更多的信息和诱惑。

"饮食男女，人之大欲存焉。"原本好似《红楼梦》中无名丫头的梅菜扣肉，终究变成了林妹妹，登上了大雅之堂，以别具一格的风味瓦解着城里人对山珍的嗜好。

时代变迁，菜干作为客家文化的一个符号，就这样在仪静体闲中，注解着岁月深处的秘密。纵观菜干的烟火岁月，粗略可分前半生黑夜，下半场白天。这黑夜与白天、困苦岁月与喜乐年华间，不变的是菜干那副模样、那股味道，变的只是这个前行的时代。

桌间碗落，风下香来，一直弥散到舌尖。于我而言，即便阅尽天下美食，质朴的菜干依然是我心底最深的眷恋，徘徊不去……

祠　堂

流年的风，徐徐吹。先祖早已化为尘埃，只有他们的血脉，仿佛一条大河，奔腾不息，淌出溪细泉流，纵横交织在苍茫大地，向未来迤逦。广袤地域上楔着的祠堂，星罗棋布，仿若一枚枚印章，戳盖每条河脉的源头走向，标注各个村落的姓氏衍派。

抛开细节，我们村庄曾经的祠堂，跟其他客家祠堂几无二致。土木结构的低矮院落，白墙黑瓦，中置天井坪由卵石相铺，费心拼出的图案，生动具体，逐一对应某种象征和隐喻。高高的台基上正厅端坐，粗壮的木柱，高置的龛位，渲染着权威与庄肃。案桌上古旧的香炉，一年年盘旋着清新的烟雾。与正厅相比，庑廊失却优势，懂得收敛，低着头退守两侧，似乎在提示人的命运：一个人再有能耐，终局无非是牌位或族谱上的字符，缩于边角。檐上翘角曲竖，以势不可挡的力量抗拒江南雨水密集造访的停留浸渍。匾枋彩绘风化脱落，画面模糊，窃诉岁月斑驳，但不妨碍我由此想象它初建时的壮观美艳和烟火缭绕。

马年修祠。伫立在新葺的祠堂前，堂内烛光闪烁，重檐之上覆盖着的暗绿琉璃，在阳光下闪动着一波波媚艳的光泽，整座祠堂宛如笼罩在一片祥光瑞气之中，美丽得令人怦然心动。建筑本身修旧如旧的周正体形，就这样披着与时俱进的外衣，抵拒着人们对它的隔膜与疏离。我猛然悟及传统文化在民间有如陌上青草，野火春风，郁郁勃勃；悟及在传统文化浸润之下，作为与意识形态有关的建筑，譬如宗祠、庙宇、宫殿，历来被高看善待，无人敷衍轻慢。

大门贴了对联"祖德源流远，宗功世泽长"，字迹苍劲拙朴，一如土地上的植物，安妥中见张扬。联句是格式化的，贴的方式也是规程式的，在南方辽阔大地上站立着的任何一座祠堂都可能见到。可是从贴切程度看，楹联再好不过了，仿佛那几个字谋划已久，挑一个日子从浩瀚的字海里相约而来，吸饱了阳光和墨汁，便铁了心地站在祠堂的门柱之上。字义也不深奥，一眼便能读透核心指向，虽无新意，却也凝聚正能量——辛劳中的人们，即便忙得脚不点地，甚至在生活重压之下气喘吁吁，也不愿失去对水源木本的追缅和万世祥发的祈愿。

因奉命撰拟祠堂重修碑记，让我有机会像一枚棋子不断深入宗族历史之中。翻开谱牒，那发黄齿缺的纸页、优雅繁体的汉字、娟秀端正的字迹、从容美好的心思，巧妙搭配在一起，就这样不动声色地出现在我面前，共同解构一段历史：一段我和我的父辈包纳其中的历史。族谱真是历史的代名词！一瞬间，我似乎获取秘不可宣的家族密码，得以轻易穿越时光隧道，去重温祖先的奇功、村落的发轫、文明的衍化、民风的氤氲、乡贤的风流……

谱录是洗练的白描笔法，最重要也最直观的是姓名及与姓名连通着的前前后后的传衍。娟娟小字间，族繁尽载，同宗同姓同袍同泽并非虚无，血缘脉络历历可辨，代代层层标注清晰，恰似山野间高低层叠的田垄，排列整齐，万物生长。

透过略微零乱的文言记述，我觉察到一些令人动容的故事：与我密切关联的东洋简氏宗祠，在历朝历代的隆替补废中，有幸获得两次修缮。营建，重修，再重修，对于一个建筑来说，如此不断被关注，在最危险的时刻及时得到葺缮，也许是最好的宿命。从时间轴看，重修的间隔约莫百年，未挑明缘由，估计有倾圮颓敝的成分，但又似乎不全是，因为每次重修对祠堂大门的方位进行了或大或小的改变，无疑，那是一帮乡亲在昭昭群议之后，架着罗盘左摆右摆，精准校正着祠堂所枕之山脉、所锁之水口，期冀得龙脉正势，采风水精华，切实从八卦阵里觅得神秘的力量。那份燕翼贻谋的论证，那份慎重再三的抉择，无论如何，都应由衷感佩。正是因为先贤的云天襟抱，令宗祠宛在，柱立基宏；令支派无失其序，昭穆不乱其伦。

"祖茂公，名宏，乃惟益公之长子，生于癸丑年五月，卒于成化十二年"，这是族谱上另一郑重记录。简短数句连缀成别具深意的话语，我看到一个人的一生，他衣袂飘飘，背影远去。

乡愁四种

37

当我在这里横平紧直、一笔一画抄录时，没有任何杂念，如果说有，那也仅仅是在偷偷构想这位先祖的相貌和肇基东洋山村的场景。时间，惯于把一切当作过客，擅长对历史留下的轨迹进行篡改删节，那大笔一挥中，究竟涂抹掉了多少细节？然而，千真万确的是，祖茂公是我简氏十三世组，东洋是我的"胞衣窟"。当一粒种子遇到适合的土壤，便暗自扎根迁延；一个人漂流到一个地方，一喘息，一驻足，便是千秋万代。如同先祖宏公的名字一样，宏大，宏远，天地俯仰之间，瓜绵椒衍，脉祚延旺，千丁济济，衣冠相望。蓦然间，一个人变成一个兴盛的村庄，一个姓氏化成一册厚重的族谱。

祠堂是乡情的集散地。佳节来，同一血脉渊源的人，聚散如雾。我曾在祠堂里聚宴饮酒，瓷碗的碰撞，酒香的飘荡，猜拳的吆喝，让一些情绪化的日子和一些日子的情绪，统统消融在酒里。曾在祠堂里，见旺腾腾的柴灶上支着大铁镬，翻煮一锅关于村庄的荣辱往事。曾在祠堂里焚香点烛磕头祭祖，恭谨如仪。当然，还混拥在踊跃捐钱的人群中，乡亲们不是企图将名字留在乐捐簿与功德碑上，亦非奢望祖宗冥冥庇佑捐献的钱财能够明去暗来。在低低的祠宇下，没有预先的安排和号令，可我看不到大家的躲闪、犹豫，他们大多身体瘦弱，表情拘谨，但一律慷慨果决。从一张张或硬挺或破皱的钞票中，我分明看到了一种最传统的乡村抒情，一种令宫宇庙堂烛火荧荧跳动而永不熄灭的民间秩序。这令我心生敬意，在此谨以笔墨存念。

我也曾在一座为纪念开基公在内的九世先祖而建的古旧祠

堂，度过小学时光。就在这所与我名字一字之差的"福源小学"，我识得汉字，能够准确写出开基公的名字——致德。向德致敬！这两个字早已在孙男娣女的口碑中磨得发亮，它们如此干净、美好，像两颗饱满的谷粒，匀匀吞吐温热的气息，然后发芽沁叶。

如今，学校搬离祠堂，书声风流云散。不过，只要祠堂安在，历史便不至于残忍吝啬到让祖先的名字以单薄排列的方式昏睡在日渐褪色的纸片上。"致德"二字后面连着他的骨血及梦想，连着骨血的骨血，续着梦想的梦想，便拥有无数的延伸与链接，如同一条不断延伸和分岔的河流，朝前挺进和向旁分支，终不会干涸与中断……

简福海，1977 年生于福建永定。现居北京。已出版《简笔：一个人的精神地图》《喜乐闽都》等著作。鲁迅文学院福建中青年作家班学员。获中国人口文化奖、福建省百花文艺奖等。

秋到匡山

◎ 张先强

深秋时令，我去匡山。

匡山对于我，有一种挥之不去的情愫。那巉岩突兀的群山，那神秘的苦斋，那松涛翻滚的森林，那黄澄澄的酸枣、红艳艳的山腊子，以及乡音独特的匡山人……就像一幅自然天成的田园画，又像一支清丽婉转的小夜曲，置身其中，总让我心旷神怡。

车行山口，眼前豁然敞亮。崭新的游客中心造型像翻开的书卷，古朴典雅。宽阔的广场花团锦簇，楼里楼外都有人忙活。透过车窗远眺，湛蓝的天空飘着些许白云，四周黛绿的群山，已被秋风拂去了雨季中的帐雾，都裸露出巍峨起伏的身子，迎迓秋日的阳光，清爽地微笑着，把匡山睿智和庄严的品格鲜亮地呈现出来。她的清纯，她的凝重，她的豁达，她的空灵以及她的神秘，使每一个走近她的人都会回眸驻足，感慨赞叹。

20年前，也是深秋时令，我在村支书李仕银引领下第一次探访匡山。傍山脚一泓湖水，蜿蜒缠绵十里。上山的路好似鸡肠子，在岭上盘绕折返。沿途夹径的山花野果或红或黄或白，一股股沁心润肺的氤氲清风自青松林里、香榧树上、毛竹丛中弥漫而来；群峰夹峙之间，"将军出征""七级浮屠""伯温遗墨"……奇峰怪石惟妙惟肖。树林中鸟语蝉鸣，此起彼伏，声音悠扬动听。元朝末年章溢、刘基、宋濂、叶琛"四贤"隐居的草庐苦斋、看松庵、古刹、亭台等遗址散存山中，尤其那历经烽火的红军营盘、练兵场、革命烈士殉难地，犹如座座无字碑铭，让人闻后心灵得以洗礼……

第一次走近匡山，我被那方圆百里莽莽沧沧几万亩原始森林，以及山里种类繁多的野生植物、珍稀动物感叹了许久。要知道，在物欲横流的那些年，多少有山场的人恨不得把树根也刨出来换钱。其实匡山也不乏来钱的路子，那些年背着大钱包上门"判青山"的老板多的是，只要肯让他们上山砍树，匡山人紧巴巴的日子也许早就"出头"了。可是，山头要光，水源会涸，子孙后代怎么过？村支书李仕银颇有见地："留得青山在，不怕没饭吃。"他不仅软硬不吃拒绝"判青山"，索性带头把弟弟和几位村民垒的炭窑砸了，硬生生改掉砍柴烧炭的旧习，为此得罪了不少人。有人放话要给他颜色瞧瞧，有人半夜掀他屋顶的瓦片，以至于下山出门，他不得不暗暗带上"铁拳头"防身。

养在深闺的美女，总要伺机走出去。那年秋天，我邀请旅游规划专家饶勤标教授上山开讲座。茅塞顿开的李仕银们萌生了撩开匡山面纱，"请"她走出深闺的梦想。时任浦城县委书记兰斯文同志深入匡山调研，提出"先保护，慢开发"，鼓励探索"可持续开发匡山"的路子。村两委心眼更明亮了，说干

秋到匡山

就干。深秋时令，仕银、丁兴、仕青、仕春、丁福，还邀上我和同仁，一干人等带上柴刀，腰缠绳索，脚穿草鞋，连日穿行于茂林修竹，攀缘于悬崖沟壑，为的是探路、寻景。夜晚栖身在破庙禅房，团团围着烛光你论我争，谋划开发景点的路径。

"酒香不怕巷子深，也得路通才行。"

"进山足足廿几里，没钱咋办哩？"

"靠自己双手，靠以干得助。"村两委下定了决心。

"修路！"为了让匡山走出深闺，为了生存和富裕，全村老少几乎同一个心思，做出这一选择。然而谈何容易——11公里路面拓宽，要动几十万方土石，打眼放炮需要大笔资金……但勤劳、智慧的匡山人仍顽强地出手开战。

缺少机械，青壮劳力挥镐扬钎，肩挑手提。缺少资金，党员、村干部，你500，他3000带头凑钱；一个冬天干不完，来年接着干；两年完不了，第三年不休手……冲天干劲赢得了上级的关切，也得到了政策扶持。几度秋冬，一条5.5米宽的水泥公路从匡山联系上了通衢大道。

进出匡山的路通了，睿智的匡山人趁势而为，筹资修葺文物古迹，请专家帮助挖掘红色历史，创办陈列馆，编印书籍，制作影像视频。渐渐地，吸引了越来越多人的目光；渐渐地，提升了匡山的知名度。

秋天，又是秋天。连年秋天，党的富民政策接踵而至，匡山人更加上心得劲。架电线，铺村道，建沼气，治污水，修公厕，村容村貌一点一滴地改变着；讲文明，守诚信，村里成立了文明劝导队、女子义务环卫队、青年护林队……村风、民风一点一滴地改善着。李支书告诉我，随着游客越来越多，"森林人家"——这可是省级品牌——村民已经开办了7家，野蜂蜜、笋干、苦野茶等土特产也随之畅销起来。特别是传统工艺制作的酸枣糕倍受青睐，游客自己买了还帮人捎带。每到秋季，村民们便昼夜加工，往往供不应求，一年下来仅这一项全村可增收上百万元。

沐着秋阳，我沿新修的游步道走进森林。森林中的花草，有的仿佛也去远行了，渐渐开始零落，留下来的献上最后的芬芳。有种树木俗称"山腊子"，此时却格外显得神气。它优雅地展示浑身红叶，满坡满谷随风摇曳着，把山峦涂抹得红润润、亮闪闪。仿佛告诉人们，你们不必惋惜百花渐萎，只要有我山腊子在生机就在；你们也许看不到我的花朵，我的叶子却比花儿更灿烂。

的确是这样，匡山四季皆美，各有胜出。更美的要数匡山人了。20年来，我耳濡目染了李支书是如何领着村民守护匡山，走出一条靠山养山也能致富的路子，他也因此荣获福建省"劳动模范"。这20年历程不是言语描述得了的，许多情节也许永远无人讲述。然而"绿水青山，就是金山银山"，是匡山人的共识。晒晒这20年的"成绩单"：今日匡山，通路通电通网，村容村貌全新，社保医保齐全。村财政年收入五六十万，村民人均纯收入超过1.3万……"国家森林公园""全国文明村""全国森林旅游示范村""国家级生态村""全国美丽乡村创建试点村""国家级生态文化村"等7块"国字号"牌匾，一块一块挂上村口荣誉榜。金牌，记载着匡山人的艰辛、顽强，更有着他们的幸福欢乐。

归途遇见巡山的一位汉子，名叫李丁辉。他原本在山外跑运输、搞营销十几年了，去年得知巡山护林缺人手，便毅然撂下生意，携妻带子驻守山上。他自己掏钱修防火路，见空地就补苗栽树。做这些事没想过赚多少钱，却一度遭人曲解。我问丁辉是否后悔，他动情地反问道："这廿年李支书他们是怎样走过来的？守护绿水青山，受点苦累，抹佘（没事）！"

是啊，山有山的内涵，寨有寨的传统，人有人的秉性。说不完，道不尽，看不够的匡山，走出了深闺，随着外面的世界改变着。匡山的人，也在一天一天改变着。我相信，那时的匡山森林公园，秋色会更深，春光会更美，夏景会更绿，就是在白雪皑皑的冬天，也会别有一番韵味。而且，多少年之后，匡山人所固有的灵魂和精神仍然令人刮目相看。

张先强，南平市浦城县老区建设促进会会长。

返照夕岚

祠堂门前的祷告

◎乔　夫

一

正月初七，天气晴好，尽管清早无论屋顶还是野外的植被都被厚霜覆盖，但8点多太阳一出，那满目素白皆化成氤氲之气，娜娜袅袅地向空中升腾。

有阳光的天气，人总是精神的，尽管在那滴水成冰的几天。9点多钟，我吃完早饭只身驾车想去趟城里，正行到村口，被值班的村干部拦下。那是我不认识的两个青年后生，离开村子几十年了，突然回来，我真不认识他们。

见有车子从村里出来被拦，从临时支起的防疫帐篷中闪出的村主任一见是我，笑笑地对值班员说："你们真大胆，连我们老大都敢拦。"因为还在村里生活时，我的辈份排在村庄倒一，面对现在我这样一个已退休的老头，或许他们觉得对我轮辈排份互相称呼显得尴尬，干脆主动给了我"老大"这么一个概念模糊的称呼。

村主任叫孙新华，他是一个40出头的后生。由于抗疫形势越来越紧，村里刚好这天开始设卡，我是第一个在村口被拦下的人。见此情景，我高兴地干脆下了车，主动按照要求填写了表格，说明了去向、归期等。

我是去年腊月二十四就携妻带孙回到故乡的。并非我有先见之明，也非因我30多年未回过故乡过年，就特意要回来感受一番。由于我的父亲去年回到故乡了了终身，作为儿子深觉父母在世时孝道不够，无论是自我忏悔也好，自寻安慰也罢，总觉得父亲离世当年的除夕夜，神龛上他老人家的牌位前总不能连一碗热饭都没有。就因这样，我率子孙回到了阔别30多年的故乡过大年。

本来是打算年后初三初四，就和孩子们各自回到工作和生活的常住城市去的，没想到疫情来势凶猛。"爱自己，就是爱他人！"除夕前两天，这句话也传到了村子并家喻户晓。由于备料不足，所以这天我驾车把年前储备在城市家里的粮食、菜肴和一些生活必需品拉到了乡下。

返程的路上，我途经福银高速闽赣交界的朱洋收费站，之后再经邵武市桂林本乡的上下岚、盖竹、余山等地。我每路过一个村庄，都有村民在路口设卡登记过往车辆和人员的来去时间与地点。天气是那么寒冷，尽管他们戴着口罩，还是人人口吐白气，但这些值班的村民脸上始终露出暖融融的笑。

我真是被他们感动了。记得年前一两天，村干部们的身影就在村子里忙碌着，他们按照村抗疫领导小组的分工，分散到全村的9个自然村，贴通告，挂横幅，发传单，并挨家挨户上

返照夕岚

门登记收集情况。村支书梁敏是个女的，上任之初恰逢生小孩，为了加强横坑村的工作，邵武市委又给横坑下派了一位支书。他叫陈鼎，是邵武市住建局的干部，虽然他年龄不到30，却是一位责任心很强的人。除夕那天他在村里忙到下午3点多才开车百余公里回到邻县的建阳与家人团圆，可第二天，他的身影又出现在了村里。村主任孙新华是横坑下属的自然村上放村人，他在主村忙到除夕傍晚才回去与家人吃了个团圆饭，之后又骑车回到村部值班。

二

我的故乡是一个具有1200多年历史和文化积淀的古村落，本名叫嵘衢坊。那是一个非常响亮的名字，虽山势高峻，却四通八达，即谓嵘衢。

村庄位于武夷山脉南麓的北端，属邵武市，分别与闽、赣两省的泰宁、建宁、黎川三县接壤，宋称嵘衢坊，元、明称嵘衢里，清为四十一都，清中晚期始称横坑。传说嵘衢坊易名横坑，并非因其地形如横亘山间的沟壑，而是有人眼红嵘衢黄姓发达故意使坏，取"一木压黄以破其势"之意。当然，这只是口头传说或是杜撰，根本无据可考。

历史上村庄里还有过王、冯、廖、杨等姓氏人家的，至今还留有王家、冯家、廖家、杨家遗址。那时候村坊很兴旺，也不知是什么原因，后来这4个姓氏在村里逐渐消失了。传说很早的时候，有一人在一个叫大洋峰的山顶上，那里可遥望嵊衢坊全貌，一名神仙突然出现想讨那人的好口气，说："那地方将来了不得，能上1000多烟。"不想那人心胸很不善，说："屁啦，能上1000人就不错了。"从那以后，村坊就开始逐渐衰败，至民国时期，村中就只剩黄姓一族。

横坑村是嵊衢黄氏的发祥地，由开基始祖黄德祖命名。德祖公，名德祖，字士宏，系邵武黄氏传世之祖黄峭之四子黄盖的第九子，生于后汉乾祐元年（948）。951年，发生了史上著名的黄峭遣子："信马登程往异方，任寻胜地振纲常。足离此境非吾境，身在他乡即故乡。朝暮莫忘亲嘱咐，春秋须荐祖蒸尝。漫云富贵由天定，三七男儿当自强。"黄峭在自己80大寿时毅然将21子遣散，其第四子黄盖便举家信马由缰，迁往现今的邵武市桂林乡盖竹村。盖竹坐落在临近江西德胜关的一个小山谷中，地形相对逼仄。黄盖的第九子德祖尝以"淡泊明志，宁静致远"为训，有出谷迁居之志。宋太平兴国三年（978），与欲详堪闽赣分区之势的堪舆地师范越风结伴而行，欲寻一栖凤之地。一日登临闽赣交界的西岩绝顶，遥望东方一隅，范悦然曰："君言凤凰必栖梧，此处正梧桐也。"德祖环顾诸山，峥嵘而来，其山脉降坤渡离，明巽阳震而勇贯于艮气，龙脉聚势蜿蜒盘旋，恍如自天衢而下，地势宛如龙行天市，水纳金羊，天关旗鼓，地轴仓箱，真可谓藏龙卧虎之地。肇基于此，必百千万世，辈出贤良。商榷已定，德祖遂挈家而来，筑基建村，造房开宗，并亲命村名为嵊衢坊。

由于村坊地形酷似船型马槽，俗称"五马并槽"。《嵊衢黄氏族谱·堪舆记》载：甲午东青马昂首长啸，乘风而来；丙午南赤兔马腾空跃越，如"蹀足线中愤，摇头枥上嘶"；庚午西银马"西山旗似晴霞卷，万里啼如骤雨来"；壬午北白龙马"金埒乍调光照地，玉关初到远嘶风"；戊午中聪马"开张天岸马，奇逸入中龙"。村里东西南北中，各聚龙势，形态各异，跑、蹲、行、奔各自显威。村头钟、鼓、旗、锣巨石夹道，可谓吉庆布阵，八面威风。村口参天古木，鳞次栉比，碧拥翠抱。一流溪水直贯村中，流于人源远流长，流于家吉庆有余，流于国祯祥云集。的确，嵊衢坊是一个非常美丽的村落。

村坊中心的溪畔，有两块突兀的大石，上有摩崖石刻斗大"鸿磐"二字。并附注脚："山骨峥嵘此奠磐，鸿文有渐进江干。云迢前去知何限？好教先时刷羽翰。"落款为："乾隆乙丑，余过嵊衢黄吉晖翁书室，有大石兀立溪畔，亟请点顽，因捡'鸿磐'二字，并提并勒诸石。新城杨中。"杨中何人？未经证考。据村中的一些文史资料，可知杨中是清朝乾隆年间江西省的一个督学督考官，因一时官场生涯遭劫，曾在村坊避难，一住3年。只缘村中老小素有敬重文化人的美德，将杨中隐匿村中，轮流侍奉其衣食住行。3年后杨中平反，官复原职离开嵊衢，念念不忘村坊人对他的恩泽，多次回村拜谢，并在村坊学堂的大门上方留下"流芳"、石上留下"鸿磐"等手迹，还亲提"笃厚栽培"巨型匾额一块，以示感谢。

横坑村现存几十座古民居，最早的可上溯宋景德年间，居中的为明万历，最迟的为清乾隆，全都青砖碧瓦，借龙顺势，依山面溪，错落有致。所有厝院毗邻相建，既一脉相承，又各具特色，个性彰显。厝院均为三进大厅，并带有院落。院落和大厅的大门，均以条石为框，门框三围浮雕松鹤，彩绘祥云，十分气派宏伟。进入各厅，堂、室、楼、厨布局合理。每个大厅均有花岗岩条石铺就的天井，并配有石雕鼓型花台柱，台柱上搭有石板，形成花架。特别是每家每户的厨房，都有整块花岗岩琢成的水缸，它们依地形容纳可否而定大小。这些水缸，都被神工鬼斧般安放在家家户户厨房的角落，或接竹枧引自的山泉，或贮饮饲牲畜的泔水。由此，足见史上嵊衢坊的发达和村坊人生活的恬适。

　　横坑村崇文重教的历史悠久，文化积淀厚重。古代，村坊就设有祠堂和义学，并设有公共的山田醮产，每年醮产的收入都用于村民团拜和学堂聘师奖教、奖励功德。至今村中还保存着宗祠、文昌阁、魁星楼、观音堂以及黄氏家庵福云古刹等见证历史文化积淀的古建筑，还有散布各房大厅的"进士""贡元""选魁"等牌匾，以及许多"奉旨恩科钦授国子监太学生"、钦命福建提督学科试进取"儒学正堂""送入泮宫"等高中捷报。如今，横坑村已被列为中国传统村落，是邵武市不可多得的美丽乡村之一，全国30多所高校在此挂牌作为学生美术写生基地。

三

"保护自己，就是保护他人；不外出，就是不添乱！"面对突如其来的疫情，横坑人明白阻断才是抗疫的最佳良药！

新中国成立前夕，横坑村曾经发生过"人瘟"，一个三五百人的村庄，据说不到半个月就死了四五十人。那次所谓的"人瘟"其实是鼠疫，民间称为"老鼠瘟"。据有关资料，1942年9月，邵武北门一朱姓人家的小孩从光泽回到邵武突发高热寒战，颈部、腋窝淋巴结肿大，不日，全身皮肤紫黑，发病仅4天死亡。在那场瘟疫中，全邵武死亡1200余人。

记得上初中的时候，我的父亲就逼着我背中医书籍，其中原因不只是在我之前父母就生育了4个孩子，因为缺医少药只活下了一个姐姐。那时候，我的父亲就给我说过村里曾经发生过鼠疫的事："吓人呀，上午还抬别人去埋的，有的下午就别人抬他了。""有几天埋人来不及，就挖一个深深的坑，几副棺材叠下去埋，十几天的时间，就倒了几十座黄泥灶。"

这次在故乡阻击疫情，遇到村里的长辈，他们还在谈论这件事，而且说得有名有姓。他们记得那时染病没什么别的办法，就是一发现发病者立即隔离，对死者立即埋葬，不得停留，并且禁止办丧事和亲友吊唁。

村里年长的人如是说："那是真的吓人呢，为了阻断疫情，家家户户看到外人都像防敌人一样。""东西丘的人就是那个时候从横坑搬过去的呢，那时候住在村尾的几户人家，干脆全家族另辟新村躲避疫情。"……

有了历史的教训，村里人尤其是年长者，都有着一种如磐的自律意识。

横坑村是有着浓厚的敬老风俗的。村里人以而立之年为标志，每满整十周岁称之为"寿"，三十、四十，主要由家中直系姐妹略施小礼以示祝贺，但在"人生七十古来稀"的过去，上五十周岁，便上升为庆贺之寿，要大办寿宴庆贺，既表示对长辈尊敬，也表示晚辈的孝心。而且村人在一年内，家家户户都会择时请当年的寿星到家里吃一餐"寿饭"，不请吃饭的，也要煮一碗长寿面送寿星家以示祝贺。

自古以来，横坑村的除夕之夜是非常隆重而热闹的，因为本村坊人贺寿，都选择在除夕之夜。过去凡家中有人上 50（现在改为 60）整十岁寿的，年夜饭一过，便要早早收拾停当，等待家家户户上门庆贺。大家手提贺礼陆续进入寿星家，秉烛放炮，以示祝贺，东家则忙里忙外招待来客，厅堂稍聚满一席人，便上干果、酒水并煮面点或粉干招待。大家礼礼让让，觥筹交错，直把乡村年夜的喜庆一波波推向高潮。

今年村里寿登 70、80 的各有 2 位老人，其中我家上厝的一户女主人年逢 70，她在外工作的 2 个儿子年前就早早地回来买东购西，筹备母亲的寿庆。阻击疫情的号令传到了村庄，他们主动谢绝了村人的好意，婉拒了村外亲朋好友的来贺，就一家人和几户村邻为母亲做了简单的七十大寿。其他的 3 户人家则干脆秘而不宣，或公开说："我家什么都没有准备，你们谁也不要来！"

2月4日是农历正月十一，这天是二十四节气中的立春。初九、初十两日，横坑和岩前2个自然村先后各有一位80多岁高龄的老人斗不过节气的变换走了。一位是因生病半年体质下降走的，另一位却是饭后自己宽衣解带上床，就静静地睡着的。村里人闻讯都说后者哪里修来的好福气，没受一点折磨就静静地走了。她走的那天，是她的大儿子叫她去吃晚饭，饭后就在大儿子家睡觉，听说在饭桌上还有说有笑的。

听说2位老人去世，又面对这种特殊情况，村主干陈鼎、孙新华、梁敏他们一边电话向上请示，又一边连夜赶到当事人家里宣传政策，指导丧事简办。

按说，长辈去世在民间是天大的事情，尤其横坑村的丧葬习俗是很烦琐的。老人寿终正寝故乡曰喜丧，自亡者断气到出殡，至少要三到五天，凡得知者，期间都会来探丧哭灵。未入殓前无论几天，还要通宵守灵。村中凡有人家遇丧，全村家家户户男丁都会自觉参与守灵，往往是每到晚上整个厅堂人来人往，满满当当。而且停灵期间，家家户户还会来赠送"老人米"，以示共同帮衬，为丧属渡过难关。特别是出殡的日子一到，全村人加上外来的亲朋好友都会到场，清晨，先由女宾焚香祭拜，之后还要男宾依次向亡者行三跪九叩大礼做祭，最后由亡者的所有直亲晚辈集体哭拜做"堂祭"再浩浩荡荡送灵柩出门。

阻击疫情事情大于天，它事关全村人的安危！在村干部的

宣传和关心指导下，全村人都理解遇丧人家对去世老人所谓的
"不孝"，去世老人的子孙们也相信长辈的在天之灵会理解他
们形式上的"不孝"，除了邻村母亲的娘家人之外，他们谢绝
了其他亲朋好友前来吊唁，并且出灵之时也免去了繁缛的祭奠
仪式，只少量在场的人向亡者行了简单的"三鞠躬"之礼。

四

作为身处大山一隅的人们是幸运的，山泉甘甜清冽，空气
清新如故。立春这天，村庄艳阳高照，四周满目葱茏。傍晚时分，
村庄四处响起迎春的鞭炮声，乡村依旧其乐融融。只是在这其
乐融融之下，村人们不忘心中虔诚祷告抗击新冠肺炎病毒的前
方将士平平安安、早日凯旋，不会忘记虔诚祈祷已被病毒侵袭
的人们早日康复、身强体健！

立春之后，村庄田野的绿意已竞相破土。村人们虽然不扎堆、
不聚会，但一拨拨的红男绿女仍欢歌笑语地撒向田野，他们采
来嫩绿的荠菜和鼠菊草，包饺子，做米粿。大家知道，对于迅
猛异常的疫情自己能做什么，该做什么。

阻击疫情的工作还在继续。村干部和村民们也自加压力，
村干部不仅每日轮流守卡值班、统计情况上报，而且增加了入
户询查、施药消杀和义务代购等工作，各自然村的人也自告奋
勇承担本村的义务代购。他们每两天通过村人微信群征求哪家
缺少什么生活物资，之后派人进城代购，把每家每户宅在家里

阻疫人们的日常生活必需品代买回来。村人们也很支持和配合阻击疫情的全面工作。在这个海拔千米的小山村，大家依旧自由幸福。这里无须佩戴口罩出门，依然可以自由踏青散步和小小劳作，但大家偶尔走在一起，除了谈论今年生产该怎么办等之外，牢记"爱自己就是爱他人"，"不出村就是不添乱"。大家知道，保护自己，就是保护他人；不外出，就是不添乱！大家知道，不让"新冠病毒"流入村庄就是最好的阻击，全村人言行一致就是阻击疫情的钢铁长城！

瘟，疫也。疫，民皆疾也。这场全国抗疫的人民战争，似乎可看作两大战场，一是前方抗击战场，二是后方阻击战场。前方抗击是为了消灭病魔，后方阻击是为了不让病魔再肆虐蔓延。后方阻击的意义并不亚于前方抗击，只有全国后方阻击成功，才是对前方抗击最有力的支持！

2月22日之前，村干部们还在设卡，他们冒着料峭春寒和自己万一被不明不白感染的风险，排着班24小时轮值。拦！这不是办法的办法，只有在交通要道询问、登记过往行人，掌握过往人员的详细情况，进行坚决的隔离，才能一致将恶魔阻在村外。

我讴歌抗击疫情的前方将士，钟南山、李兰娟、曾光等，还有那许许多多毅然告别妻儿老小、毅然剪去长发披挂上阵的"逆行者"们，他们是抗击疫情的顶梁柱。有他们在，孽毒必灭！同时我也赞扬阻击战场一线的"指挥官"们，他们也同样是舍小家、为大家，没日没夜，冒着严寒，穿梭于基层的每一个细胞之间，苦口婆心，耐心宣传，耐心劝导。有他们在，一线阻击才能众志成城！

五

几十年没见过故乡的雪了，没想到这次回到故乡过春节，却看到了 2 场瑞雪。

第一场是正月初三。那天上午，天空是灰蒙蒙的，下午的时候，突然就下起了雨来，起初是细细的，不久就越来越大，到晚上 8 点多钟，就听见屋顶响起了沙沙沙的声音，老天下起了雪米，一阵雪米之后，夜空中就飘起了雪花，纷纷扬扬……

第二场雪来得是很突然的。节气已进入雨水了，连续几天天气突暖，本来 3 天前还滴水成冰，结果几个太阳就把气温烘烤到近 20 摄氏度。村里的人们是知道的，那是自然的节气，让在山上蛰伏一年的癞蛤蟆下山来寻找水洼产卵，繁衍后代。两三天后，天气突变，先是蒙蒙细雨，之后雨滴越来越大，依旧是一阵珍珠雪后，天空就飘起了雪花。虽然雪不是很厚，但也把整个村庄打扮得银装素裹、冰雕玉砌。

传说，癞蛤蟆曾是天庭月宫的蟾蜍大臣，因为酷爱凡间百姓，偷偷离开天庭到凡间与百姓为伍，恰逢那年凡间遭遇虫害，它与百姓共同抗击虫灾，不幸染上虫毒，以致皮肤变得鼓鼓囊囊，而且每一个鼓囊里还有苦比黄连的毒素。本来身强体健、行动灵便的蟾蜍大臣，由此也变得行动迟缓。酷爱凡间百姓的蟾蜍大臣，因与民抗灾得罪了地方官府和财主，他们上天庭告了御状，诬陷蟾蜍大臣在凡间无恶不作、荼毒百姓，还拿皮肤说事。玉皇大帝听信了谗言，勃然大怒，号令将蟾蜍大臣推出天门斩首，并剥皮抽筋。

蟾蜍大臣被斩首的第二天，玉皇大帝早朝，忽闻凡间万民沸腾，于是走到天门俯问原因，方知是百姓为蟾蜍大臣喊冤。玉皇大帝得知自己听信谗言错杀了大臣，后悔莫及，立马唤来雷公雪母，号令普降大雪，以示对蟾蜍大臣的挂白哀悼。

蟾蜍是一种益蛙，它不仅广食农业害虫，而且蟾皮是一种能治恶肿等疑难杂症的灵丹妙药。据《本草纲目》等记载，蟾皮特别能抵制癌细胞扩散，抑制癌细胞生长，另外对乙肝肝硬化、肝腹水、白血病、疔、疮、乳房瘤、骨结核、骨髓炎、小儿疳积、痨热等数十种疾病都有显著疗效。蟾蜍的药用价值就是它鼓鼓囊囊皮肤腺里的蟾酥，属于中国传统名贵药材之一，是六神丸、梅花点舌丹、一粒珠等30多种中成药的主要原料。

六

悼念蟾蜍的雪下过之后，天又放晴。春阳把整个村子的房前屋后染得苍翠，村中小溪流水潺潺，鹅卵石上的石菖蒲被飞瀑溅着，也频频点头献绿。放眼四周的青山，几树野樱桃已繁花簇簇，伴在脚下的几丛山苍子也黄花点点。沿着村庄的公路往村外散步，只见两旁的田野绿意日浓，溪畔的2棵杨柳抽出了新绿，田地上那些荠菜啦、蒲公英啦、鼠曲草啦、野芹菜啦，就连不知季节的野南瓜叶都竞相破土。

故乡的春天来了！感谢大自然的恩赐，从城里躲到乡下阻击疫情的人们，既因此弥补了青菜之荒，又洗刷了正月的膏腴之口。

后来几天，许多去城里过年的村人也宅不住了，他们找村干部开证明通关过卡，回到了自己的家乡。回来的人谈论着城市社区如何阻击疫情，后悔没有留在老家享受好山好水好空气。

天又持续放晴了好多天，但气温依旧很低。村子的中段和村尾各有一个很避风向阳的地方，那是村人常集聚闲聊的场所。每天上午 8 点多钟，太阳缓缓地从东南方向的山坡后露出笑脸，村人就开始三三两两地往那里集聚。年长一些的，个个拎着一只火笼，年轻一些的倒也不怎么在乎，尽管口鼻都喷着白气，但个个都有说有笑。虽然大家都无须戴口罩，但在椅子上、板凳上、石条上、门墩上，甚至柴火堆上落座都保持着一定的距离。大家你一言我一语地闲聊着，聊武汉、湖北，聊上海、浙江，聊福建、江西，聊钟南山、李兰娟，也聊福建、南平派出了医疗工作队驰援湖北。

"这些人是真英雄了，丢下子女家人，冒死去支援湖北，谁能保证自己一不小心被传染啊？"

"那也只有在共产党领导下才能做到这样，要不是共产党，天下能有这么齐心？"

"这是良心话哩，不仅号召全国支援，还全部由国家免费

返照夕岚

医治。"

"就是哩,就是哩,你看那一年我们村里闹老鼠瘟……"聊着聊着,大家又把话题聊到了那场鼠疫上。

"嘿,听说江西黎川熊村有好多人是从武汉打工回来过年的,你们家有那里的亲戚,不允许有往来啊!"

"你就放心吧,我已经叫他们如真有心,就在微信拜年了。"

谈论了一阵之后,大家又谈论起在城里过年的村人能不能回来村里。

大家聊着聊着,聊到了生产生活上。"今年怎么办啊,经济收入肯定是受影响了,而且影响不小。"

"你们这些懒鬼,就以为外面的世界才是你们年轻人的啊,出去混啊,连打田的本事都没学到!"突然,一位我该叫公公辈分的长者动了真情。

"我们反正知道,现在就是不串门,来串门的是敌人,敌人来了不开门!"插科打诨的是一个小伙子,他也是一个在上海开快餐店的小老板,无奈也在老家出不去。

"这里没有火神山,这里没有雷神山,这里没有钟南山,如果谁敢不听话,那就只有抬上山。"突然有人大声播放微信段子,引得大家前仰后合。

这么30多天,村里人既无奈又快活,毕竟大山深处山好水好空气好,比起在城里宅在斗室,快活多了去了。

谈着谈着,大家肯定要谈到日子如何过下去的问题。

出去打工是肯定要冒风险的,去开店,有谁敢来吃?

"哈哈，你们有本事啊，老老实实吃半年老本吧！"这次发话的又是一位我该称其为公公辈的人。

其实，他有2个儿子，一个在苏州开店，一个在上海经商。好在他的2个儿子，春节之前就早早回到了邵武城关，而且在腊月二十六就开车来到村里把父母接到城里过年，只是老两口实在不愿意在城里过日子，在大年初三村居阻疫形势还没那么严格的时候，就回到了老家。

我真的佩服村人的经验和智慧，从他们的脸上和言谈举止中，我读懂了许多深山农村文明进步伴着的无奈。

天又放晴了几天，有几位勤劳睿智的村人已开始陆续上山劳作了。虽然他们通过微信与上海、杭州、苏州的店主讨价还价，但是好些人就打定了今年上半年不外出挣钱的主意，于是他们骑着摩托奔突上山，有的砍柴，有的修仓，有的筑铺，各自都在为春笋生产做着准备。我还看见几个年轻人砍来毛竹编篮子、削扁担，因为大家心里明白，减少的收入要从山上补回来。横坑村盛产毛竹，家家户户都有竹山，清明前后就是开挖春笋的季节，只要勤劳吃苦，辛劳半个多月，万把元的收入到手不是问题。

村干部们的身影还在村子里不时地闪现着，他们身着橘红色的马褂，戴着防疫员的袖套，手提一只电喇叭走村串户巡查和宣传。村人们也仍旧没有放松警惕，大家除了上山劳动，依然坚定地配合着。

七

村尾的最后一栋房子，是祠堂。那是一座既雄伟气派又庄严肃穆的古老建筑，始建于明朝景泰年间（1450—1457），原为嵊衢黄氏十二世祖梓祥公的寝庙，清雍正壬子（1732）拆除重建为黄氏宗族祠堂，清同治丁卯（1867）曾遭洪水侵害大修，至今保存完好。

祠堂坐南朝北，砖木结构，防火墙环封，青缸瓦盖顶，屋角飞檐斗翘，庭上雕梁画栋。地面是清一色的方砖铺就的，雕花石础衬垫着几十根大柱亭亭玉立，使整个祠堂内更显得气宇轩昂。

祠堂门前有一方宽阔的广场，由 38 根长 5.6 米花岗岩条石搭在溪面铺就，紧挨旁边还有一块可铺四五张谷席的土坪。土坪的边缘紧靠墙脚，那是一面牌坊式的照墙，与大门正对。照墙斗砖砌就，青瓦飞檐，参差错落。墙的正中上方有一楣额，上砌砖雕阳文"文明气象"4 字，两边楣眼均为青砖镂空的厨龛，龛内一边是"机房教子"，一边是"鱼跃龙门"，均为镂空青石雕塑，周边以祥云、花边砖雕为框。

祠堂正门的上方，是"黄氏家庙"四个遒劲的青石雕阳文，下嵌四只外凸的六面型石鼓，鼓面牡丹花开，招展迎阳。祠堂门面的正中是双开的厚重实木门，左右分设拱形小门，门楣分别书有"入孝""出悌"字样。

祠堂内是三进大厅，每进大厅之间都由三级台阶错落开来。

从天井中间或两边连廊拾级而上就进入中厅，"悠然有见之堂"牌匾端挂中堂上方。中厅左右各设棋门，棋门柱挂有板刻对联："看阶前罗拜序昭也序穆也都是颍川第一，仰座上今名在左乎在右乎在共推江夏无双。"中厅的宝壁上挂满"文林郎""武林郎""翰林郎""儒林郎""修职郎"等匾额，檐前中央还悬挂有"节义流芳""熙朝耆彦"两块巨额牌匾。

在中厅与后厅直接连通的台阶两旁，各开有一方小天井，用于后厅的通风和采光。后厅设有 5 个神龛，龛内的墙面分别绘有 5 彩壁画，正厅中央为双狮滚绣球，左右为麒麟图和藏獒画，两边厢厅一幅是尧舜对弈图，一幅是浪子回头图。厅子的顶棚还有一幅太极雷公图，雷公眼以铜镜相嵌，威严逼真。雷公图的四周是绘有 8 种法器的暗八仙图，再边以祥云、松鹤彩绘为框。厅正中神龛设有 3 层祖先牌位，牌前有供桌，桌上烛油四溢，炉内香灰满满。

祠堂是村人祭祖感恩的圣殿，也是村人禳灾祈福的重要场所。据上一辈人说，过去村人每年的正月初六都在这里举行团拜，上元在这里闹灯，中元在这里祭祖，下元在这里祭冬。2013 年起，村里开始了美丽乡村建设，2016 年，又被国家列为中国传统村落。而今，祠堂修葺一新，加挂了"老人幸福院"的牌子，增配了电视、书报、桌椅等设施，使得古老的祠堂焕发出新时代的生机！

惊蛰春风在三月，清明谷雨四月天。古人认为，瘟疫始于

返照夕岚

大雪，发于冬至，生于小寒，长于大寒，盛于立春，弱于雨水，衰于惊蛰，完于春分，灭于清明。"惊蛰"是上天打雷惊醒蛰居动物的日子，同时也是消灭瘟疫的时令。

惊蛰这天，气温骤降，一缕阳光从云层透出，斜照在祠堂的门前，好多好多的村人聚集在这里，他们共同向着阳光祷告：

诸病退散，天下太平！

乔夫，公务员，现供职于福建南平市委某机关。

叩访天湖烟墩（组诗）

◎ 林秀美

天湖之石

千年的阳光打在千年的石头上

不再是石头　它体内奔腾着千年沉默

千年的春夏秋冬

隐藏多年的遗忘和呐喊

谁的笔掠过天湖

烽火台　古城墙　古藤　巨石

谁的手　独自抚摸　它身体上的绿

抚摸到千年的日月星辰

让人想起一些英雄　忘掉一些伤痛

期许明日的花木山河

返照夕岚

天湖秩序

村庄居于山下

古寺隐于山腹

烽火台

占据山顶　最醒目的位置

最高的树长在山坳　最矮的草伏于山顶

贯穿的橙黄栈道　沿途

布满不知名的鲜花

伫立不知名的石头

作为一名来访者　我尚不能遵从

其中的任何一种秩序

我还有一颗幼稚的心　等待穿越　腾飞

等待被引领　被伤害　被重塑

有时　我在山脚仰望

那些秩序的定点　最高的法则

就像烽火台　总让人心生敬畏

有时　我会站在暮色降临的山顶　俯瞰

那些闪烁的人间灯火和行走的身影

总让人无端涌出　泪水

叩访天湖烟墩（组诗）

天湖一梦

与一方山水相遇　需心怀感恩

与一方山水道别　要独自静默

要把一座烟墩藏进心中

要守护一座山的隐秘

要恪守一种天湖般的信仰

与天湖岩挥手时　我还会一别三回望

看它一村金黄

看它一路浓墨一路重彩

看它一梦成真

林秀美，福建明溪人，中国作协会员。诗歌作品刊于《人民文学》《诗刊》等，被收入多种诗歌选本，出版诗集《水上玫瑰》《想象》《河流是你》。曾获福建省百花文艺奖等奖项。现为福建省作协副主席兼秘书长。

返照夕岚

岩石有瘾（组诗）

◎ 曾章团

玉麒麟

嗅着肉眼看不见的那只瑞兽

安详而静美

似乎伸手就可以摸到凹凸有致的厚背

在湿润的雨后花园

我们相遇言欢

扑面而来淡淡的草本清香怡人

而我仔细辨别你的蛛丝马迹

却闻到身上当归的气息，如雪梨，如蜜桃

曾经，丛林归来的人

以为自己可以走出人间

在浮世的杯盏边

有人骑着一匹麒麟

它有龙首，麇身，牛尾，马蹄

九龙窠的茶有内与外
那些旷野的斑纹
身上有麒麟片就可以发芽
碧绿而透明的翅膀
会有怎样远行的路程？

把茶喻为神兽
与天空比邻而居
因着这空旷和不着边际
记忆滑入舌喉
山上雪泥鸿爪，山下河山有隐

向天梅

在北斗峰
一株野梅向天而生
美人肩腰，挺秀俏丽
不食人间烟火
也不与百花争艳

我遇见的梅

开在四月的春风里

她的体内盛满梅果的甜香

也装着山水起伏的秘密

这些都是武夷深山里明净的眼

试探着我　又牵引着我

让心田从此种下一棵树

梅的虬枝挺拔向上

唯独细腰轻轻落在杯里

在夜的边缘摇曳

所有的岩韵，是一种声音的回环

而不是高低的音阶

岩石中隐没的铁骨冰心

淘出孤冷的香　　只有身体读懂

你在冬天递给我双手

蜷曲的外形朴素而单调

但身体里的枝丫

正在被梅香唤醒

向美而生

金柳条

那个在宋代叫"坠柳条"的茶树。

长在回忆之处。一个充满幻觉的名字。

它本身或许就是一个幻觉。

砂绿到橙红的转身。

蜷曲的故事里有一团蜷曲的火。

拂面的柳叶,

才是舒展的经络。

有谁还站在岩壁上,

随着蓝色的波纹摇曳欲坠?

回忆起作为草的一生。

它鹿一样的心跳,鹿一样无辜的眼神。

花香始终带着遗忘的语气。

一通注入壶中的水,

就是解冻的春天。

云也坠下。

起身拍去微尘。

梦的尽头,

柳枝发芽。

不见天

行人路过的时候

你总是低头

那些习惯了没有太阳直射的脸颊

是不是总是忧郁的

半斜的山　岩壁上伸出的小手

将日头挡在时间之外

似乎只有你

能摸到陌生人的掌心

隔离阳光的光阴

脚步声来回思索

一颗心终究

发芽在每个春天里

当月光飘过叶面

晚霞倒映　山谷恬静

一株不见天的树

听得到沙枣花香

俯仰之间

我看见了溪流中的天空

有时候影子也是自己的风景

在潮湿的时间里

高仰着头

熹茗饮茶偶遇

我是夏至未至的

那把空紫砂壶

静候温婉的茶汤

需要一匹脱缰的马

一次贸然的野

一场浓烈的回甘和辛辣

这慵懒的午后

适合飘过一场小雨了

在最热烈的花期里

更适合遇见你

倚窗的熹茗空间

我和你之间

隔着武夷山马头岩的距离

返照夕岚

兰草，溪流，山谷依然纯美

远处的山河飘于脑后

在你娴熟的手中

慢慢提壶，冲水

用一颗少女的心。

浸透山野的肉桂

终究有一个少年呼啸，奔腾

如不远处的地铁

在黑暗中驰向遥远的今生

也正是在那样的时刻

顺滑的舌尖

空留转瞬即逝的震颤

牛栏坑肉桂

被称作"牛肉"的　却是一泡茶

只是轻巧绕过了章堂涧与九龙窠

它像是岩茶界的缩影

瘦小的身躯灰褐油润

还潜伏着若干红点

自诩为生命的骄傲

而后在沸水中慢慢惊醒

独有的桂皮辛味

让空缺的舌头搬走了重量

从兰香到花果香

一条无迹可寻的狭窄坑涧

回荡着悬崖与溪水

空气已足够辽阔

每一次遇见

我都感到压力

不把你变成想象中的情人

我就很难理解什么是高贵的美

更无法形容细腻如丝的温婉

岩石有瘾

就仿佛你给他们抛过媚眼

有人在深夜里　对盛开的桂花说

只有王子才听懂的话

几口茶汤入怀

我似乎更有野心

搭一把天梯

去摸一摸白云的脸

　　曾章团，福建福鼎人。现为《福建文学》杂志社社长。福建省作家协会会员，福建省美学研究会理事。诗文入选《百年文学大系》《不老的长安山》等选本。曾获福建省第九届社会科学优秀成果三等奖。

与云层或台风击掌（组诗）

◎苏 忠

蓝眼泪
——在平潭岛

那是迷途的梦从水底缓缓抽芽
只要大海说清澈，月光说明亮

那是碧空之外反刍从前的蓝宝石
她的挥袖掩脸，有美的冰裂的声

那是流星的漏夜私奔，她不晓分寸
她方才柔情似水，她瞬间肝肠寸断

有种青红酒

青红酒，纯糯米酿造，加了点红曲
有点柔，好入口，回甘久，有的浅红有的淡黄
但喝不了多久，你会不知不觉吆五喝六哥俩好

骨子里的火爆，还在你贪杯的第二天，你头昏

你会眼前的模模糊糊，从前的清清楚楚

就像你想起的民国那年的福州人

温良，朴素，有点糯，会给你鞠躬，但

突然就操刀摸枪横行了半个近代史，你举杯

与云层或台风击掌
——在林则徐故居

天色阴晴不定，光影四散投奔

一群麻雀，在屋脊蹦来跳去

叽叽喳喳，似乎有很多闲话在说

有的还拉风到电线杆上谱曲

飞檐凌空，像广场上哨兵的刀

它的主人，几百年前去了天庭

麻雀昂首阔步，似乎走到了主席台

飞檐不动，连眼珠都不转

它的目光中只有天空

它只与云层或台风击掌

——回声在热带低压处

局部有暴雨

苏忠，福建连江人，中国作家协会会员，中国散文学会会员，中国文化管理协会理事，北京城市发展研究院特约研究员，出版长篇小说、随笔集、诗集、散文诗集等9部，作品发表于《诗刊》《十月》《花城》《人民文学》《民族文学》《作家》《中国作家》《北京文学》《青年文学》等刊物，诗作曾被翻译成蒙文、藏文、维吾尔文、朝鲜文、哈萨克文等发表。

返照夕岚

一碗白米粥

◎ 林朝晖

　　我大学毕业后，分配在洋平花镇从事党务工作，几年之后，组织将我派到镇纪委工作。

　　在镇纪委工作没多久，我发现那地方不能待。以前，我在镇里工作，见人三分笑，平日喜欢跟大伙套近乎，找点乐子开开玩笑，大家都喜欢跟我接触；可到纪委工作后，以前积攒下的好人缘全没了。从前，同事大老远就跟我打招呼；现在，原先同事见到我就低着头，要么假装不认识匆匆而过，要么一脸牵强的笑。

　　虽然受了委屈，但是令我感到欣慰的是我有一个好领导——镇纪委书记叶和平。叶和平不喜欢人们叫他叶书记，他说听到人们喊他叶书记，浑身上下会起鸡皮疙瘩，他要大家称他为"老叶"，大伙便顺了他的意，都叫他"老叶"。

　　老叶再过一年就要退休，可他却像一个年轻人，干工作充满激情与韧劲。工作之余，我们经常天南海北瞎聊。我跟老叶开起玩笑，说："叶书记，我到纪委工作之后，都快成孤家寡人了。"他笑了笑，说："小林，我平日最爱吃白米粥，每天三餐必有一餐是白米粥。你爱吃白米粥吗？"

我觉得老叶答非所问，但为了表示对老叶的尊重，我还是违心地点了点头。

老叶听说我也爱吃白米粥，便有了兴致，他告诉我，小时候，他时常感冒发烧，每次身体难受时，啥都吃不下去，唯独父母或者外婆煮的一碗白米粥下肚，疲弱的身体就变得清爽，此时，大鱼大肉、山味海味便不再想吃。一碗白米粥，不仅成了治病的良药，还因它的清淡、营养，让老叶的身体得到了滋养。

我弄不清爱不爱吃白米粥和我们的工作究竟有什么关系，便开始刨根究底。老叶对我的提问总是笑而不答，当我步步紧逼时，他便一脸深沉地说："我们正在从事的工作，就像啄木鸟，啄掉病虫，才能成就健康森林。"

老叶的话云里来雾里去，让我不知他的葫芦里装着啥药。

一天，我在督查一个村津补贴发放超标事宜时，找来了村书记老王，要他清退多领的补贴。老王看了《清退函》，一脸沉重地问："是不是只有我们村退？"我说："这次我们督查的 3 个村庄，只有你们存在这项问题。"话音刚落，老王便脸红脖子粗地冲我吼："我就不信其他村都没多发，你们分明是在整我。哼，我们走着瞧！"

我在纪委工作以来，虽然经常有磕磕碰碰的事情发生，但被人指着鼻子骂，还是第一次。

傍晚，我回到单位。老叶看我铁青着脸，便问缘由。我把事情的来龙去脉一五一十地说出之后，他便给老王打了个电话，说请老王吃晚饭，请他速速赶来。

老叶说罢，也不问老王愿不愿意，就把电话搁下。

老王来之后，我原以为老叶要请我们吃大餐。岂料，他只是带我们到一个路边小店，点上三碗白米粥，另外，点了花生米、萝卜干、榨菜等配白米粥的小菜。

平日，我喜欢大鱼大肉，压根没有把白米粥当饭吃的习惯。可老叶就不一样了，他对白米粥是真爱，只见他两眼发亮，张开大嘴巴，津津有味地吃了起来，嘴里还发出吧唧吧唧的夸张响声。这响声把我食欲也勾了出来，我也开始狼吞虎咽。

我俩敞开肚皮大干快上，老王却毫无食欲，他把白米粥端起又搁下，一副心事重重的模样儿。

老叶吃完白米粥，打了一个响亮的饱嗝之后，发现老王居然一口白米粥都没入口，便板下脸："老王，你不吃白米粥，是不是瞧不起我？"

老王的脸青一块白一块，他端起那碗白米粥，三下五除二解决。

看到老王把白米粥消灭得干干净净，老叶开心一笑："老王，过去你大鱼大肉习惯了，现在，裤腰带要勒紧点，多吃白米粥，既加快胃肠蠕动，又有利身体健康。最关键的是晚上还能睡个好觉。"

老叶说罢，飘然而去。

第二天一大早，老王就来到我们办公室，把多领的津补贴退了。

老叶问："老王，昨晚那碗白米粥好不好吃？"

老王一声不吭，拂袖而去……

两个月之后，老王在街上碰到我，便大老远跑过来，开门见山："小林，你可是我的大恩人哟！"

"我让你退钱，怎么成了你恩人了？"我一脸的惊讶。

"我听说前段时间其他乡镇巡察，立案处理了好几个违规发放津补贴的村干部，还好你们发现得及时，让我清退，不然，我就要被处理了。"老王脸上流淌出浓浓的谢意。

我问："老叶请你吃的那碗白米粥还记得吗？"

老王哈哈大笑："老叶是个狠角色，把该说的话都融入一碗白米粥，你说我能忘记吗？！"

转眼一年时光过去，老叶退休，由我接任镇纪委党委书记。

老叶办完退休手续，我准备请他到大酒店好好喝一顿，但他说什么也不同意。在我的执意要求下，他说只要请他在路边小店吃一碗白米粥就行。

我最终答应了老叶的要求。又是"标配"：一人一碗白米粥，外加几盘小菜。

那天，老叶见到白米粥，依旧两眼发亮，很快便把一大碗的白米粥一扫而光。

吃完白米粥，按惯例，老叶把碗重重地搁在桌上，抹抹嘴皮子，背着手，哼着小曲离开。

没走多久，他忽然掉过头，说："小林，以后要多吃白米粥哟！"

我觉得老叶这句话意味深长，需要细细地品、慢慢地读！

林朝晖，中国作家协会会员，发表军旅题材作品100多篇，曾有中篇小说被《小说选刊》《小说月报》转载，出版小说集《英雄的走向》，长篇小说《心结》《飞翔的白鸽》《我的兄弟我的兵》《寻找红军爸爸》等，现供职于福州市文联。

朝　圣（八章）

◎ 陆永建

朝　圣

叩问大地，亲吻心灵。

再没有哪种动作，会如此优美；再没有哪种跪拜，会如此神圣。俯下身体的瞬间，心灵就贴近了神的地脉。美好的祝愿，在这一刻，全演变成肢体语言的舞蹈，和那一次次神圣的重复。用虔诚的动作为西藏祈福时，整个西藏都是我的。

一曲曲藏歌，一个个足迹，追寻着藏经的脚步，从远古到远古。

虔诚的步履中，保持着由来已久的从容和镇定；清晰的背影里，透视出永不磨灭的信仰；遥远的路途上，记载了千里万里的仰止。

身体的匍匐，一次次贴近地脉，贴近心灵深处的神。带着生活中的不解和迷茫，带着美好的祝愿，带着对布达拉宫的崇敬，用雪清洗心灵的皱褶，用四肢丈量宽阔的大地。

朝圣的路很长，从狭隘到宏阔，从肉体到灵魂，从入世到

返照夕岚

出世。

　　朝圣的路很短，神在心里，它就在心里。

　　谁，能诠释这其中的玄机？

神圣布达拉宫

　　这里，是世界最高处的建筑，是世界屋脊的屋脊，曾因与一位美丽的公主结缘，从此辉煌千年。

　　红、白之宫，你是天地之和、汉藏民族之和、爱情之和的结晶。

　　你是高原上的雄鹰，你是雪山上的雪莲。

　　雄伟的建筑，在向我们呼唤。圣洁的哈达，飘落在我们心田，簇拥着的亲切，让一生温暖无比。

　　我多想变成一只神鹰，飞到这雪域高原的圣地，亲手抚摸布达拉宫，亲手抚摸那古老的经卷，亲手转转玛尼轮，让灵魂超脱于喧嚣的尘世之上，让慈悲笼罩我苍白无力的人生。

　　你是信仰的天堂，在你身边，一切都显得那么渺小。神灵不经意的轻轻叹息，足以让我们的灵魂强烈震颤。

　　长长的朝圣路上，张张虔诚的脸孔，眼神里闪耀着炽热的光芒。一个个鲜活的生命，在转动的玛尼轮上流逝，而无尽的信仰在不断延伸。生命有终止的时候，信仰却生生不息。

　　圣洁的雪山虽然高耸，却只为映衬恢宏的布达拉宫。

　　站在圣殿山下，听风听雨听岁月淡淡磨过布达拉宫，就像

听被藏人视为菩萨的文成公主弹一支思乡曲，如此陶醉，飞身
天外！

远行前

草原的风，吹得袍袂"呼啦啦"响，仿佛牧马人展开翅膀，
在崇山峻岭里翱翔，在沧桑岁月中跋涉。

放牧草原，是一种生存状态，是一种行进中的风景。

草原，那宽阔的任由信步的阔达，那天穹的辽远，吸引着
每一个热爱自由的灵魂。

远行，是高原人的宝贵传承，是人生智慧。路上，相互照应，
相濡以沫，有说不完的话，有走不尽的艰辛，有享不够的喜悦。
同行的温暖，足以慰藉远行者的心灵。

每次远行，都是一次人生考验。远行前的准备，不仅仅是
鞍马的整理，更多的，是在调整心态。要把心灵的空间放得足
够大，大到足以装下整个高原，才能去任何地方游牧、驰骋。

马儿们，如同主人的心情，对出征怀着按捺不住的兴奋。
看似安静地站立，心早已在辽阔的草原上奔腾。

牧马人，机敏、坚毅、洒脱、豁达，是骏马的精灵，是苍
鹰的化身，是现代社会的活地图，走到哪里，家园的版图就画
到哪里。他们和高原融为一体，我中有你，你中有我。

前方，天正蓝，云正白！

坐而论道

道者，存于心，表于行。

在这圣洁的土地上，随时可见智慧，随处可遇神意。

不可高处达，悟道山水行。苦行僧在煎熬中从不抱怨过程的艰辛，正果总是在跋涉之后修成。抵达至高无上的境界，需要历经沧海桑田。

时光在这里停滞，与思想重叠。灵魂相互携手，遥望山川以外的山川、湖水以外的湖水、天空以外的天空。

追溯一切功名利禄、虚饰浮华，仿佛过眼烟云，都不重要，重要的是空气、蓝天、白云都是纯净、透明和快乐的。

大音稀声，大象无形。世界满怀寂静。

让我们以敬天祭地之心仁爱于万物和众生，让神的光辉照耀到自己的身心，让我们生命的海拔，拔地而起。

佛静坐；蓝天，白云，也静坐。

此时，愿一切静止。

家　园

数声鸟语，若风坠露。心内的浮躁，便于瞬息间安静了。

目光高过树梢，高过蓝天。看到毡房、村落、泥路，还有河流、田野、山川。

它们，是构成家园的全部吗？

白云，家畜家禽，和着吹过高原的风，一同编辑家园的故事：

该有父亲驻足青稞地放眼四望的满足，和不再青葱的母亲依然故我的笑靥。

该有猪、狗、牛、鹅等家畜、家禽，它们单声的、混响的、合唱的乐曲回响在上空的炊烟里。

该有呼啸的同伴，骑着马从高冈走过，去找寻各自心爱的姑娘。

该有市井流俗的声色、晨市的喧嚷、贩夫走卒引车卖浆的喜怒哀乐，和夹杂在现代文明里的古风旧韵。

……

家园，不仅是一个地理上的概念，还是生命的避难所，陶渊明的世外桃源，更是一个有生息、有自由、有理想的世界。

家园，是灵魂的休憩地，给我们一切：理想，希望，勇敢，幸福……

家园，是我们的思想高地、精神乐园。

我渴望在此落地生根。

在路上

一次次卧下，一次次在心里竖起旗帜。

每一次匍匐，既是对神灵的敬仰，又是对大地的崇拜。每一次与大地接触，既是用心灵去感知高原的浑厚，又是获得信仰的精神动力。

信仰，化作无穷的力量，烛光般照亮内心的迷茫。双腿和双手，越来越坚强、坚韧；思想和心灵，越来越清澈、纯净。在这里，信仰不仅是仪式的象征，还是生活的本身。

矢志不渝的信徒固守着内心的执着，用这种无以替代的姿势，以千年不变的信仰，来维护民族精神的纯粹，把一个民族过去被苦难压抑的倾诉，化作对今天美好生活的感恩，和向往未来的永恒祈祷。

他们用身心而不是脚步，去丈量卑微与神圣之间的距离，前行的每一步，都是在迈向通往天堂的阶梯。

他们用生命丈量着荒凉，用虔诚诠释着经文。

他们的身影覆盖着身影，岁月重叠着岁月，故事重复着故事。

他们的灵魂是飘扬在路上的经幡，迎风祈福，并宽恕所有的苦难与伤痛！

对　禅

在对望中，用理解对话。

在禅意中，用眼神交流。

多少俗事，尽在只可意会不可言传中，默默消融。

禅宗，就是入世后的出世，拥有后的放弃，是安静，是空灵，是淡泊。

常有大隐者，在喧嚣的尘世、熙攘的人流中，安静着一方心田。禅存于心，无论在何处都是安静的。

个人的修为不同，对禅的理解各有不同。交流，是最好的解读。

一次次的对禅中，品格得到升华，经书上的文字，显得活灵活现，显得亲切温暖。

长者，理解了禅，因为，读的经书多。

少者，心囊没有多少垃圾，于是，对禅多了一分亲近。

不需要太多的语言，在各自心底默默诵念每天必修的课程，每一次对话，就向善靠近了一步。

不怕心中有疑惑，只怕胸怀不宽阔。藏污纳垢的心，永远不敢和经书碰撞。一碰撞，经书还是经书，心却不再是心。

远去的召唤

离天堂最近的地方，我却离你最远。

你冰雪一样寒彻，转眼已如西藏天空般高远。

我内心的绝望飘浮成流浪的云，在天上伴着孤迥的鹰隼，掠过空旷的荒原。

幽暗的目光，穿过张起的经幡和乌鸦的叫声，寻觅你的痕迹。

你曾无处不在，可弹指间，已转世阑珊。

你，已凝成高原上的雪山：冷峭、孤绝。

与你的过往，化成风，化成雨，化成花朵与湖水。

可我，依旧执妄。

依旧渴望在杳冥的黑夜采摘一轮月亮藏你怀中。

依旧希冀在酥油灯澄亮的摇曳间重逢你的笑脸。

岁如残雪，谁能躲避森严的宿命。

白云高擎着湛蓝的天，随风飘动的静默经幡，砌筑着通天的路基，灵魂沿路走向天堂，天堂神界的绚烂圣光，裹挟去尘世的沧桑。

在你沉默离去的刹那，我懂得了什么叫心碎。

在秃鹫的眸子犀利滑落天葬台的瞬间，我懂得了什么叫灵魂。

在苍穹之下、高山之巅，我懂得了什么叫恒远。

传说，在喜马拉雅山上呼唤谁，你的一生就和谁紧密相连。

那么，请让我在经幡飘动的时候，于万山之巅，呼唤你的名字。

千遍万遍。

一生一世。

陆永建，生于福建浦城，现居福州。中国作家协会会员，中国文艺评论家协会会员，中国摄影家协会会员，中国电视艺术家协会会员。著有散文集《一天中午的回忆》《飞翔的痕迹》《思想与性情》，书法集《陆永建篆刻作品选集》《武夷山书法大观》《武夷山青竹碑林》，剧本《柳永》等。文学作品获福建省第二十八届优秀文学作品奖，书法作品获福建省第七届百花文艺奖三等奖，摄影作品获第三届中国古建筑摄影大展二等奖。

朝圣（八章）

日　常（外九首）

◎黑　马

需要一个习惯，把日子里的细节打开

与开门见山的人有所不同

话语如昨夜星辰，平淡成一种铺张

阳光正好，也被依次打开

他们像一早出门刚刚归来的亲人

风尘仆仆的样子，印证了

立秋之后摇曳的叶子

看见了起早的人，也感觉到了随窗入内的风

至亲的人都是这样，每每开门见山

给你舒筋活骨的伸展，却从来不曾有殇

借米度日的人，与你有约

正从遥远的远方赶来

2020 年 8 月 13 日

返照夕岚

白露是你一再表白的小情人

海水把细壤推高，让上天
拯救生灵，拯救麦芒之上的星座

秋风乘虚而入而登高望远
昨夜，有人翻身有人轻咳一声

"一半是海水，一半是火焰"
白露是你一再表白的小情人

白露是一滴阳光，是归途的大雁
睡梦中漏下的一点光芒
是秋夜裹紧的一枚小月亮

千里之外，秋水微澜
大海依旧风平浪静，一片白茫茫

2020 年 9 月 7 日　白露

大暑词

七月，有许多东西搅动这个世界
比如正午静默的石头，比如

日　常（外九首）

93

门前垂头丧气的老榕树，又比如

趴在弄堂里瞌睡的小狗。每一个

试图搅动一年之中最大日头的事物

在七月，都无限扩张各自的势力

沉默或者爆发，只在一瞬间

犹如山洪，又或烈火

一只猛虎在七月的喉咙里滚动

像穿堂风，总有什么在午后

被聒噪的蝉鸣，落日一样轰然带走

2020 年 7 月 22 日　大暑

阴沉木

有人虚度了光阴。虚度的

许多光阴，被一场大水冲走

剩下的，全被一个朝代的历史埋葬

同时被埋葬的，还有一个帝王的春秋大业

以及一个流民的黄粱美梦

在深不见底的黑暗里，它们都一样

无足轻重

一段阴沉木，想说的太多。终究没说

惊天的故事都烂在骨子里

逝去的光阴，如繁星窃窃私语

2020 年 7 月 10 日

他有寂寞，也有好奇

开始是女儿，在宠物店
表现出城里孩子的好奇
给小猫小狗取各种不同的名字
从来不征求它们主人的意见

然后是一只美短，被抱了回来
它有寂寞，也有好奇
它在客厅里不停地演示自己
它对一切感到新奇，包括"七月"
——孩子给它取的名字

现在是我好奇，当我开门
它总一下子冲到脚边讨欢打滚
我也总是不由自主地摸摸它
叫它一声——七月

七月是我们新养的一只猫咪

2020 年 6 月 19 日

雷阵雨

四月的午后，雨水替我们着急
把我们从空旷之地，赶往各自的归宿
从四面八方，赶往同一个遮蔽之所

四月的午后，雨水替我们赎罪
让海鸟和飞虫重回狂欢的自由
雨水替我们洗刷尘世
也洗刷内心藏匿的污秽

四月的午后，雨水替我们重生
竭尽心力用急切的鞭子
连珠炮地抽打我们，让万物欢欣
让我们看见

阳光下仓皇溃败的末世的自己

2020 年 5 月 3 日

春 天

一夜之间，春天把自己给分了

她把鲜亮的部分，给了门前的榕树

把欢快的部分，给了树上的鸟儿

把温润的部分，给了小雨中的蓝天

然后将乍暖还寒的部分，给了我

当我站在窗前

看着蓝天下的榕树被雨水刷新

看着小鸟们在树上闹腾

我就这样站在了春天

2020 年 4 月 22 日

泥　土

突然对泥土感到亲切，就像食物

对欲望的吸引，在春天的一个下午

忍不住握一把泥土，犹如

握住母亲的双乳，踏实、温暖

就像童谣哄熟的梦乡，泥土

沉默、拙守，供出大地的柔软

和种子的闪电

突然对泥土感到亲切

突然就春暖花开，雨水充沛

——泥土供养我的祖国
也曾供养我的疼痛和我的老父亲

溪水谣

溪水清澈。交出石头，隐去鱼虾
交出芦苇，隐去水草
溪水潺潺。交出微风，隐去话语
交出鸟鸣，隐去天空

就像春天交出雨水和忏悔
我交出口罩和敬畏

溪水如镜，有也若无
长尾鹊与我隔岸相望
相对无言，各自看见水中倒影

春天就像失散多年的亲人

太阳出来了，小鸟也出来了
春分之后，大榕树便欢欣鼓舞
接二连三说出各自的秘密
她们的孩子有两个心事

返照夕岚

阳光照亮树叶的小脸蛋
鸟儿急着给小果子当信使

阳光更艳一点，鸟声就更大一点
鸟声大一点，树叶拽着果子就更欢一点

她们猝然来到窗前，像极了
我那些失散多年的亲人

　　黑马，福建龙岩人，曾在驻闽部队服役。中央党校经济学专业毕业，在职研究生学历，福建省传承发展中华优秀传统文化专家委员会成员，福建省政协常委、提案委副主任。现居福州。

海涛上的情感（组诗）

◎ 李龙年

深夜的海

夜的海，夜深，还是海深？

海似乎宽广于夜色

海轮即使庞大，相对于海

都不值一提。海轮因此愤怒，

它不断制作一批又一批浪花

再无情遗弃。孜孜不倦

海浪无畏于枯燥，它永不休止

不尽的重复是坚韧

不是盲目与刻板

坐在夜的深处，夜的肌肤多么冰凉

我听见海浪声穿裂夜空

它使星辰趋于黯淡

夜的冷，有刻骨寒意的质

甲板冰冷，也具有了疼痛感

海水开裂，梦境有了裂隙

疼痛感似乎传递到海的深部

窒息的鱼，会呼吸的礁石

疼痛甚至传递到船体的钢铁

疼痛的冰，疼痛的寒风

浪努力在夜色里站立起来

首先是喧哗声，声声疼痛

连疼痛也充满寒意

船体在夜里轻轻摇晃

十一月的寒意在轻微颤抖

什么时辰黎明降临

摇晃与飞翔

一只海鸥自天外飞来，又飞去

它身影的闪电

无限延伸，人们关于海的想象

我站在舱房玻璃窗前

巨轮和我的身体，在轻轻摇晃

地球在无限波涛中微微摇晃

我仿佛又回到高空，在云海中飞翔
蓝色地球在缓缓旋转
在天空，在大海，鸟儿不知道孤单

与一朵我熟悉的浪花对话

这就是舒婷、顾城、阿赫玛托娃等
一千名诗人写过的那朵海浪吗？

它那么妖娆，又有些顽皮
反正，她绝对不属于淑女。

她想把 8 万吨巨轮托上天
又企图把我们拽入谷底……

在歌诗达"大西洋"号上
此刻，一定还有另一位诗人。

我抄下这首诗，把纸条扔入大海
浪花，浪花，这是此刻我们的对话。

清晨致大海及未来

万顷波涛，或者

波涛万顷。语言多么苍白

人类表达多么乏力

仿佛从人类史前开始

决意终止于时间尽头

海面无休止汹涌

时光已经突破极限

是星球间内在律动

显现于浪花的强劲线条

谁在诉说：生命的舷窗外

有海平线在混淆夜与昼

天空与海面，葬礼与诞生

收拾遍地星辰的身影

把无法描述出的力量

努力，固定于

波浪喧嚣的发音源

力　量

海浪不再暴怒

海涛上的情感（组诗）

海涛节奏很美

一波又一波，仿佛

海洋已经，变身美人

默立舷窗前

我的双脚渐渐长出海草

谜底终于揭晓：

早餐厅，英国乡间音乐

正温柔地撩拨

大海与每个人的

所有神经

日　记

一个背影伫立在餐厅落地窗前

他好像在给情人写信

他用手机书写，字句在屏幕上汹涌

只有大海知道：

他用文字，努力描写每一朵浪花

他是大海的情人

返照夕岚

胸怀：海鸥的眷恋

海在黑暗中喘息

海鸥藏身黑夜深处

夜色染黑了墨色

它企图漂白黎明

夜的客人迟迟不至

每一滴海水充满期待

它的胸腔已为海风占得满满

只有它们辨识出海鸥眸瞳

以及，同类们愤怒的清晨

那些为雷电遗弃的绝望

我伸手试图遥握一朵海浪

却发现：每朵浪花都被星星拥有

它们沉入夜的深处

各自想念，海鸥翅羽

在春天写下的巫语

在霞浦，海之夜

暮色姗姗来迟

美好的脸颊携带着莫名的险情

渔灯试图埋头海水深处

海涛上的情感（组诗）

去触摸海蛤的心跳

我们并没有看见海霞——

哦，那只是一个女人的名字

她刚在一部影片中飒爽了一回

就成为婚姻的旧版传说

在霞浦　我曾莫名地骄傲

海风面前不曾卧倒

我瞄准海岸线的准星

却被鳕鱼一样的女子轻轻拆卸：

她说　不准正视

阳光强烈　爱的热浪曲线里

有深海带鱼群的歌谣

轻抚时光溢出的斑斓

我的心里有珍珠深藏的泪

好兄弟　渔火不是传说

远峰压低嗓音　轻咬我的耳朵

霞浦：渔场祥光

还是在霞浦　这回是白天

白日做梦　说的就是我们

此刻神正降临　吉光普照

包括无耻的小人

卑污的告密者

遍体通透　忽然悟到　善与崇高

洗心净手　掬一捧海水

擦拭　一千万尾

黄瓜鱼美丽的睫毛

但是我听见　巨大的鱼群正在集结

海水深处　一场风暴渐渐平息

一次灾难被大美从容化解

海风祥和　鱼群不知与死亡擦肩而过

它们还在祈求爱情

鱼唇齐鸣　仿佛海平线上

袅袅升起　十万枚飞翔的鸽哨

夜与晨：海的劝慰

昨夜我看见了海

今晨我又看见了海

昨夜，海在喧嚣　咆哮

乌云的眉头皱得苍老

恐吓的语言从不重复

愤怒的花样自我抄袭

却没有丝毫雷同

我怀疑海在练习写作

已显示大师气象

在崇拜中我进入梦乡

在梦里我向大海致敬

大海一遍遍撕碎稿纸

刚诞生的诗句顷刻跌入坟墓

追逐稍纵即逝的词语

从梦中扑进海的清晨

婴儿的笑容与肤浅

令我自觉愚昧与幼稚

只有黑暗才需要深邃

光明与坦荡只追求简约

上苍啊，这样的认知

我曾经反复获得

又一次次放弃与忘却

曾厝垵，你的海与众不同吗

一夜之间　我以为自己

拒绝了衰老

返照夕岚

李龙年，1956年生，祖籍湖南，生于福建。已出版诗集《记忆的瓷瓶》《大山意识》《哗变的梨花》等三部。

不速之客

◎ 何葆国

一

"老东结婚，有没有请你啊？"

孔多志一脚踩上门槛就冲着纪伟政问，但是话一出口，他就意识到说错，连忙改口说，"是老东的儿子结婚，不是老东……"

纪伟政坐在一只塌陷的老沙发里，整个人像是瘫坐在地上一样，那扶手的皮革开裂着好多粗糙的口子，他的手按在上面，按了几下，身体也没办法往上升起一点，他的脑子就像他的屁股一样转不动，说："老东啊，老东啊，结婚也不说……"

"不是老东，是他儿子！"孔多志再次更正说。他双脚走进了伟政家的客厅，这本来就窄小的厅堂，一下显得更局促了。

"老东啊老东……"伟政双手撑在扶手上，往上撑起了一点身子，屁股下的弹簧"咚"的一声，也往上蹿起一点。这时隔壁房间里传出一声异样的响动，伟政听到最高指示似的，整个人像弹簧一样往上蹿起，腿脚灵便地拐过茶几，就向隔壁房间扑过去。

那房间是卧室，满满当当对摆着两张床，一张是伟政的，另一张是他老爸的。他老爸快 90 岁了，早年是马铺县味精厂厂长，眼下这房子正是味精厂三十几年前建的宿舍，而味精厂早已在多次的改革改制中灰飞烟灭，只留下两排破旧不堪的平房宿舍。孔多志还是马铺一中学生的时候，经常跟老东来这里叫伟政一起上学，那时候马铺城里的房子主要还是土坯房、木板房，钢筋水泥房尚不多见。一晃 30 多年过去了。伟政本来也离开这里多年了，他是去年初监狱出来后，无处可去，又回到这里的——他学生时代的家，正好母亲过世，父亲需要有人照顾，他也总算有了栖身之所，而且据说他老父亲是享受离休待遇，退休金这几年上涨可观，基本上可以维持父子俩的日常生活开支。孔多志三不五时来这里坐坐，从没见过他父亲，但是卧室里稍有动静，伟政便十万火急赶赴过去，这让多志感受到他父亲强大的存在。伟政总是说，我现在啃老啊，要是老人家不在，我就没饭吃了。

孔多志在两个座位的木沙发上坐下来，茶几上的茶盘不知多久没清洗了，茶壶的盖子掀开着，里面的茶叶都发了白霉。他想这应该是自己上次来泡的茶，五六天前了，上次来也是他洗的茶盘和茶杯，那洗的不知是多久之前的。这厅堂后面是厨房，光线暗淡，那里有个水龙头和水池，取水和洗茶盘都不是很方便，然而这几年，多志几乎每次来都要重复这不愉快的体验，今天他不想做了，口渴就忍忍吧，反正，什么事忍忍就过去了。

　　墙角柜上的电视机里播着国际新闻,画面很火爆,却是静音,多志在屁股下摸出遥控器,开了声音键,轰的一阵爆炸声立即在房间里炸响,从电视上看,到处兵荒马乱,难得自己还有闲暇来别人家看电视啊。

　　纪伟政从隔壁房间走出来,看了孔多志一眼,又在他的专座上坐下来——这只老沙发不知是老父亲从哪里弄来的,粗拙、笨重,皮革开裂,弹簧松弛,他从监狱出来重新回到这里,第一眼就看到老父亲坐在这塌陷的老沙发里,面无表情地看着他。父子俩阔别多年的相互对视,显得非常漫长而无趣。他来了之后,老父亲渐渐不出来了,把活动范围局限在卧室里,这老沙发就变成了他的专座,一坐下来,整个人便不由自主地往下沉,这让他内心有一种莫名的快感。

　　"你老爸怎么样?"多志问。

　　"还好啊,还好。"伟政说,"现在我全都靠他了。"

　　多志笑笑说:"伟哥,你还有得靠,不错了啊,我什么也没有。"

　　伟政的身子在老沙发里耸动了一下,说:"靠一天算一天吧。"

　　"对了,老东儿子结婚,没请你我。"多志说。

　　"老东结婚,也没请你我啊。"伟政说。

　　多志愣了一下,猛然想起来——这可不是吗?原来伟哥的话大有深意。那是30年前的事了,老东在土楼乡中学结婚,他和伟政不知从谁哪里听到消息，立即决定赶往土楼，那时候已经是傍晚时分了，通往土楼的班车每天只有上午一趟，他们只能站在路边拦过路的运输车，等他们找到老东在土楼乡中学的宿舍时，已经是夜里九点多了，两个人饥肠辘辘，都快饿晕倒在地上……

伟政叹了一声说："三十年河东，三十年河西。30年前不请，30年后不请……"

多志绷着脸，很严肃地问："30年前不请，我们去了，今天我们要不要去？你说要不要？"

二

毕福东、孔多志和纪伟政都是1966年生于圩尾街，从小玩在一起，彼此间互称老东、多孔、政委（后来改称伟哥）。上了初中，纪家搬出圩尾街，住到了味精厂宿舍，他们还是每天一起上学、一起回家，上了高中，孔家也离开了圩尾街，他们三个人当中一个读文科，两个读理科，依旧是形影不离的铁三角。那时多孔和政委都有了自行车，老东就坐他们的车上学、回家，今天想坐谁的车就坐谁的车，随心所欲。高二那年暑假，他们还教会了老东骑车，不过直到高中毕业，老东家里也没给他买车。1985年他们都考上了大学，老东和多孔在福州，分别是福建师大和福建农学院，政委则考上了厦门大学。前面三年，他们联系得非常频繁，独创了一种联系方式，就是买一本软皮笔记本，老东在上面写了几页，拿到农学院给多孔看，多孔再写几页，然后寄给政委，政委看了，在后面接着写，然后寄给多孔，多孔看了，到师大找老东一起写，然后再寄给政委，如此往复不已。他们在共同一本本子上的书写，很率性，很真诚，写一些日常琐事，包括对某个女生的评价，有时则是对某种社会现象的分析和探讨，可以写上好几页，也可以三言两语，有时还写诗，或者画个漫画。三年下来，竟然写了五本本子，每本本子都被手摸出了一种暖心的光泽。大四那年，因为一些不可描述的原因，他们之间的联系突然变少了。大学毕业，他们都回到了马铺，这时多孔和政委才知道，老东犯了错误挨了处分，所以被教育局分配到最偏远的土楼乡中学，他们来到老东还在圩尾街的家里，可是老东不愿意多说什么，三人相对无言，第一次感受到无话可说的尴尬。他们约好报到那天送老东到汽车站搭车去土楼，但是老东提前一天走了，后来他解释说是学校突然派人上门通知他提前一天报到，先进行政治学习一天。政委分配在马铺宣传部，多孔在水利局，他们办公室都有电话，虽然电话机被锁在了一个铁盒子里，但他们有钥匙可以打开，可惜土楼乡中学没有电话，他们和老东之间的联系还只能靠写信。

那天下午快下班时，多孔接到政委的电话说，老东今天结婚，你知道吗？多孔说，我不知道啊，你怎么知道的？政委说，我听他们校长来宣传部顺口说的。老东大四那年在福州街头结识了一个中医学院的女生，她是个北方女孩，高考那年才随当兵的父亲来到福建，两人一见如故，谈得很投缘。她得知老东大学毕业分配到乡下中学之后，经常写信给他安慰和鼓励。书信往来中两人燃起了爱情的火花。老东在给政委和多孔两个人的信中表达了他对这个"命运派来的北方女子"小于的真挚热爱，也诉说了他的矛盾和困惑。他们明白老东的心境，内心里非常希望老东获得爱情，获得幸福，对那个视爱情如生命的小于，他们虽未曾谋面，心里早已敬佩得不行。听说分配在省立医院工作的小于专门请了婚假，昨天从福州转了几趟车来到土楼乡中学，今天上午跟老东到乡政府办了结婚证，回来学校给同事们发了喜糖。多孔说，老东结婚也不请客，多冷清啊。政委说，怎么请？他在那么偏远的乡下，父亲不在了，母亲长年生病，几个姐姐都嫁到外地。多孔说，可是，结婚这是人生大事啊。政委说，是呀，小于那么好一个女子，这也有点对不起人家吧。多孔叹了一声。政委也叹了一声。多孔说，我们去。政委说，我们去！多孔说，结婚这么大的事，我们要去给他们祝贺一下。政委说，老东没什么朋友，就我们两个最好的朋友，我们不去还有谁去呀？多孔说，走。政委说，走。两个人说走就走，但是下午已经没有前往土楼乡的班车了。从马铺县城到土楼乡50多公里，那是一条崎岖不平的盘山公路，叫作天岭，多孔和政委虽然都是本地人，也在政府机关工作半年多了，都还没有走过那条路，倒是常常听人说起那些陡坡和急转弯，心生畏惧。但是那时候，他们只想着怎么越过天岭，赶去祝福朋友，什么困难什么麻烦，想都不想。他们一路走到进土楼乡的路口，决定站在路边拦过路的运煤车或运木材车，这是唯一的选择。

向晚的风吹到身上，多孔和政委都打了个哆嗦，他们双手抱在胸前缩着身子，双脚不时在地上踢几下。前面有大车跑过来了，他们赶紧就抬起手，不停地挥动着。往土楼乡走的都是空车，哐隆哐隆，像坦克一样横冲直撞，卷起一阵阵尘土。他们不停地招手，可是司机根本就看不见，或者看见也不想搭理，然后一片漫天尘土几乎把他们掩盖了……

一小时左右过了五部大货车，可是没有一部车停下来，眼睁睁看着它们从面前驶过去，头发上、衣服上蒙了一层灰土。他们一边搓着头发、拍着衣服，一边继续耐心地等待。天色暗下来了，听到了车声，还有车灯扫过来，他们往路中间移动了几步，这样有点危险，但为了拦车，他们也是豁出去了。

一辆大货车哐隆哐隆地跑过来了，两个人站在路中间不停地挥动着四只手。大货车嘎地刹住车，司机探出头来骂了一声。两个人兴奋地走上前，请求搭顺风车，把他们捎到土楼乡。驾驶室坐满了人，要搭车只能上车斗，而且车也不到土楼乡，只到土楼乡前面十几公里的仙都村。两个人相视一眼，眼色中达成共识，即使这样也要走，到了仙都村再想办法，那里总归更接近老东和小于了。

两个人手忙脚乱爬上了空荡荡的大车厢，还没站稳，大货车就往前蹿去，他们一下全都摔倒了，幸好这是运木材的车，要是运煤车就摔出一身污黑。他们抓住栏板站起身，行驶中的大货车像一头猛兽往前撞开黑暗，拧着身子在黑暗中左右腾挪，他们一会儿被甩向左边，一会儿被晃到右边。夜风把他们的头发吹得竖起来了，身上的衣服也吹得哗哗响。多孔说，我还是第一次这样站在车斗上。政委说，你说什么？老东也真是！多孔说，老东一定想不到我们会来。政委说，从没这么搭过车，人生第一次啊。两个人发现说出来的话有时被风吹得含糊不清，有时被车震得支离破碎，他们干脆就席地而坐，靠在车头的角落里，一手抓着栏板，把两只腿伸开来，这样全身感觉舒服了一些，避开了越发冷冽的夜风，说话也能听得清楚了。

多孔说，小于一个北方姑娘，自己跑到土楼乡嫁给老东，这他妈的就是小说里才有的情节啊。政委说，老东受了磨难，这也算是一种回报吧。多孔说，结婚这么大的事，没有亲人祝福，连一个朋友也没到场，那实在不行啊。政委说，是呀是呀，我想我们要是今晚不来，以后心里肯定会很不安的，虽然老东没有通知我们。多孔说，他是不想麻烦我们，他犯错误被贬到土楼乡之后，整个人都变得沉默了。政委说，正因为这样，我们更要来，我们要对得起朋友，也要对得起爱朋友的人。

大货车在夜色中爬山越岭，一路颠簸跳跃，把车厢里的两个人震得全身都要散架了。多孔和政委又渴又饿，五脏六腑像是被筛子上下左右地筛着，脑子里嗡嗡直响——车停在了路边，司机喊他们下车，他们还恍若在车上摇晃，听不到司机的喊声。司机不得不登到踏板上，冲着他们大声地喊：还不下车啊？我到啦！

两个人惊乍地爬起身，抖抖索索地翻过栏板，从车上爬了下来，两脚落到了地上，他们似乎还没缓过神来。司机说，前头有部拖拉机正好要去乡里，还不快去！两个人怔了一下，也顾不上说一声谢谢，就往前头跑去。

前头的手扶拖拉机已经蓬蓬蓬地向前走了，他们两个人喊叫着追了上去，多孔身手比较敏捷，踩到踏板一脚蹬了上去，然后反过身，朝政委伸出手，一把拉住他，把他也拉了上来，两个人一起摔在了车斗上，但是想到终于赶上了这趟专机似的拖拉机，他们还是开心得哈哈大笑。

拖拉机停在乡街上，这里只有一条狭窄、漆黑的小街，一间杂货铺还开着半扇门，漏出一道昏黄的光线。两个人一边摸着被震痛的屁股，一边走向杂货铺，一问土楼乡中学就在前头拐弯几百米的地方，不由松了口气。多志突然想起来，说，我们要给老东包一只红包啊。两个人把身上的钱凑起来，共有 10 元票十张，5 元票四张，还有其他零票若干张，他们决定包一只 120 元的红包——这在当年是很大的礼金了，多孔向杂货铺老板讨了一小片红纸，把钱包起来，政委还借了圆珠笔在上面写了"永结同心"四个字。多孔看到桌上一只空罐子插着一枝山上采来的哆尼花，那紫红的花朵把昏暗的店铺映照出一种说不出的美丽，他掏出身上最后 5 元钱，对老板说，把那花卖给我吧，我朋友今晚结婚，正好送给他。

老板说，这花山上采的，又不值钱，你爱拿去就好了。

多孔连声道谢，从老板手上接过哆尼花，双手持花放在了胸前，对着政委演练说，请接受我们美好的祝福。

两个人走向了土楼乡中学，学校没有围墙，也就路边零零落落高高低低的几座房子。正好遇到一个老师，带着他们左拐右拐的，来到了老东的宿舍门前。两个人屏住气，上前轻轻地敲门——

门开了，老东看到两个人时，不由惊讶地倒吸一口气。两个人一人举着哆尼花，一人拿着红包，一起送到了老东面前，大声地说，新婚快乐！

老东的眼泪一下子就掉下来了……

三

孔多志这几年过的是单身汉日子，他每次来纪伟政家坐，一坐一下午，自然就留下来吃晚饭，一起喝几杯米酒，再说一些话，然后晃着身子走回家。外面的天色渐渐黑了，他拉了一下灯绳，对着起身要去淘米下锅的伟政说："确定不去被老东请是吧？那就米下锅吧。"

"那得包红包啊，现在什么行情？我都好几年没被请了。"伟政说。

"30年前老东没请我们，我们去了，唉，此一时彼一时啊……"多志叹了一声说。

"我们还是简单的一菜一汤，喝几杯米酒，比较实在。"伟政说着走进了后面的厨房里，乒乒乓乓弄出一阵声响。

多志在前面的厅里看着电视，厨房里的响声盖过了电视声，他感觉伟哥以前也不会弄出这么大的声响，今天好像有点异常，难道是对老东做出的"回应"？不至于吧，这么多年来，都经历了那么多事，早已波澜不惊，心如止水。

1994年初孔多志从马铺县水利局辞职下海，在政府机关引起一阵不小的轰动。他先后与人合办公司，经营过酒店、物流、农机制造、园林绿化等等，开头几年真是赚了不少钱，他结婚又离婚，商品房换成了独幢别墅，还当上了马铺县政协委员，2004年，多志收购了合伙人的股份，开始单干，前面几年也还是赚钱的，颓势似乎是从2008年开始，那个做了他多年地下情人的财务总监暗中把他的钱通过地下钱庄转到海外，这是笔糊涂账，他最后也搞不清有多少钱，但总归有二三百万元人民币，而且财务总监作案多年，他都没有察觉，那年五一节，财务总监请假到澳洲探亲，然后一去不再回来，他这才知道大腿肉被割走一大块，原来打了麻药似的，这下药性消失才有了痛感。接着，投资一家互联网游戏公司，全砸了，再接着，跟台湾人做一笔灰色的汽配贸易，被骗了一大笔钱，哑口无言，不敢声张。2010年初多志第二次离婚，妻子拿着他给的100多万元带着孩子迁居漳州，他的公司开始出现重大的财务危机，几个民间借贷的债主上门逼债，他不得不把别墅卖掉了，私人债务算是了结，但是几家银行的贷款连利息都还不清，银行把他起诉到了法院。多志找到了时任马铺县司法局局长的伟政帮忙，背后做了一些工作，银行撤诉了，但是账怎么也免不了的。他本来有望利用伟政的关系做成一单大生意，然而在这节骨眼上，伟政出事了——被纪委双规，那生意自然就泡汤了。银行又起诉了他，他一套住房被查封拍卖，他只能租房子住了，开头还租的是套房，一年后改租小公寓。这期间他去找过老东——老东在土楼乡中学教了五年书之后，被借调到教育局写材料，他老婆从福州调到了马铺县医院——那时正是多志事业最鼎盛时期，他似乎也没太多时间和心情去理一个默默无闻的借调的小秘书，虽然曾经是交情非常深厚的老同学，多志变了，老东也在变，只是他们之间渐渐少了往来，彼此不大了解情况——那时老东当上了桥头镇镇长，而多志被法院列入了黑名单，也就是"老赖"，两个人的反差突显了。多志听说桥头镇有一个项目准备招投标，游说一个做工程的朋友借他十万元，确保他能拿到项目，多志拍着胸脯说，镇长是我最铁的兄弟啊，当年他落难时结婚，我和纪局长连夜赶到乡下去给他贺喜……那个老板被说得心动，借给多志十万元，多志志在必得地前往老东的办公室。他开门见山地说明来意，老东也干脆，不给一点面子地直接拒绝。那时气氛一下变得尴尬了，幸好有电话找老东，他马上要走，连声跟多志说抱歉，然后交代办公室人员开车把多志送回城里，顺便给了他两箱当地橘子当作伴手礼。这个工程没有介绍成，那个老板感觉上当受骗了，带人到处找多志，终于在圩尾街一条小巷的一间平房里找到了他，他坐在一张瘸了一脚的小桌子前，就着一碟花生米喝着米酒，坦言 10 万元到他口袋里还没捂热就"融化"了。那个老板气急败坏，可是房间里实在没有什么值钱的东西可砸，就往他那碟花生米上面吐了口水。多志的状况一日不如一日，他住在圩尾街破旧的老房子里，一天只吃两餐，吃的都是小店里最便宜的快餐。开头遇到一些老街坊、老熟人，他还有些羞愧和难堪，渐渐他也想开了，人上了五十，他一下子全都释然了，他想，这就是命吧。想起来，他还真有点佩服自己，以前可以5万元请人吃一顿饭，现在可以五元钱自己吃一顿饭，荣华富贵也罢，穷困潦倒也罢，一切坦然面对。去年初，伟政从监狱里出来，多志总算有了个去处，时常来家里坐坐，蹭一顿饭吃。他暗中跟伟政比较一下，自己现在还不如他，他还有个老爸的退休金可以享用，自己却是零收入，不过，他早年买过社保，买够了15年，也就是说到了60岁退休年纪，他也有退休金可以领了，而伟政被判刑入狱，社保关系下落不明，也就是说他到了60岁退休年纪，什么也领不到，如果那时候他老爸已不在人世，那他可能比多志还惨。他老爸已经快90岁了，还能撑几年呢？

这时候，多志听到隔壁房间里传出伟政老爸的咳嗽，一声比一声尖厉。伟政慌忙从厨房赶进了房间，嘴里连声说着什么，过了一会儿，那咳嗽声平息了下去。伟政走了出来，搓了搓手，端起放在电视机旁边的一杯水，猛喝了一口，眼光突然停在多志脸上，显得很诧异，好像这下才发现多志坐在家里，刚才说的话全都忘记了。

"干吗这样看我？"多志也觉得奇怪，问。

伟政摇了几下头，又眨了几下眼睛，说："你刚才就来了，我都忘了，还煮你的饭呢，我这脑子真不好用了。"

多志笑笑，说："刚才跟你说起老东，你连30年前的事都记得那么清楚。"

　　伟政说："这就是老了，越远的事越记得清，越近的越记不清。"

　　"今天老东儿子结婚，酒席办在金马大酒店，他都没有请我们啊……"

　　"人家现在是县领导了，我们是什么？一个出狱不久的罪人，一个破产的前老板，还是知趣点吧？"

　　"哇靠，30年前他不也是戴罪之身？我们连夜赶去祝福他呢！"

　　"三十年河东，三十年河西啊……"伟政叹着气，转身走进了厨房。

　　伟政做的是半干半稀的饭，本地话称作"打铁饭"，他装了一碗，往上面浇了一点酱油，然后带着一小罐自己做的肉松，走到房间里老爸的床前。老爸已经自己坐起来了，两只手放在床前的桌子上，像一个很乖的幼儿园孩子等待老师送饭过来。他基本上还是自己吃饭，只是吃得很慢，有时伟政嫌他吃得太慢了，喂他吃，他也很配合，并且显示出某种享受的表情。伟政坐在自己的床上，拧开肉松罐的盖子，用汤匙舀了一大团肉松到饭里拌了拌，然后舀起饭喂到老爸的嘴里。

　　坐在厅上的多志起身走到房间门前，看到伟政正在给老爸喂饭，眼眶一下湿热了。他不敢多看，扭过头去，钻进厨房后头往外搭盖的卫生间，一边撒尿一边想，这个伟政，好歹也是当过局长的人，后来坐牢几年，妻离子散，家财尽毁，如今什么都能够放下，就陪伴着老父亲相依为命，真是不容易。

伟政喂父亲吃完饭，回到厨房里，把中午剩下的玉米大骨汤加水热开，炒了一盘空心菜。多志帮忙把茶几上的茶盘移到地上，把大骨汤和空心菜端出来。伟政从冰箱拿了两包榨菜，撕开袋子倒在盘子上。这就是他们的下酒菜了。酒还是本地酿的米酒，这几年他们喝的都是米酒，便宜好料，戏称为"美国酒"。

两个人都习惯先喝酒再吃饭，便一人倒了一碗酒，端起碗碰了一下，各自半碗落下喉去。

酒落下喉，感喟升上心头，话就从嘴里吐出来。多志说，老东这几年真是混得不错。伟政说，这也是他的命吧。多志说，听说他老丈人一个战友的亲家是我们省领导，所以他镇长没当多久，就关照到财政局当了局长。伟政说，人家还是有才的，一直追求进步。多志说，屁，当年他挨了处分，多惨啊，结婚连个亲人朋友也没在场，还是我们俩连夜赶去给他祝福。伟政说，过去的事就不要说了，喝。多志说，喝！有的事该说还是要说。伟政说，有什么好说的？多志说，听说他儿子是北大毕业，到英国留学一年，现在是深圳一家什么公司的高管。伟政说，不说这些，喝酒！

一支大可乐瓶装的米酒很快被两个人喝光了，一盘榨菜差不多也吃完了。多志放下筷子，望着眼皮底下的空碗，有点走神。伟政起身往厨房走，说："我给你装一碗饭。"

"我不吃饭。"多志说，"没有酒了吗？"

"没有了，别喝太多啊。"伟政说。

"我还想喝。"多志摇着身子慢慢站起来，"对了，我们去婚宴上喝！"

伟政端着两碗饭走出来，说："什么婚宴？"

"老东，老东儿子的婚宴啊，走吧，走！"多志说着往门口做了一个出发的手势。

伟政笑了一笑，说："算了吧，人家又没请我们。"

"30年前他也没请我们啊！"多志的嗓音突然尖了起来，冲着伟政嚷道。

"年代不同了啊，人家现在是政协副主席，我们是什么？"伟政埋头就开始吃饭。

"年代不同了，他身份也不同了，可是，我们还是我们，我们没有什么不同，走！"多志弯下腰，一手夺过伟政手里的碗，砰地搁在茶几上，然后一手抓着他的手，把他拉了起来，"走，吃老东喜酒去！"

伟政推开多志的手，说："别闹！我看你喝多了。"

多志晃了一下身子，挥着手说："30年前他没请我们，我们去了，30年后他没请我们，我们也去了，这表明我们是表里如一、一如既往、矢志不渝、义薄云天、忠肝义胆、肝胆相照、高山流水、义结金兰、不忘初心、心心相印……"

伟政坐下来，身子往老沙发背上一靠，索性闭上眼睛，不想看多志说酒话的样子。

多志俯下身子，把脑袋伸到伟政面前，说："你怕了是吗？

你有什么害怕的？当年老东是犯错误的人，我们都不怕了，现在他是县领导，我们沦落为最底层，还怕什么牵连吗？我们已经最底层了，不会被开除成干部，你还怕什么？"

伟政两脚在地上蹬着，把身子下面的沙发往后推了推，他感觉多志的口沫喷到了脸上，心里很不悦。

"你怕了吗？你真的怕了啊？你在怕什么？"多志一连串发问。

伟政睁开眼睛看着多志，说："我怕什么？我有什么好怕？我为什么怕？"

"好，很好，那就一起走吧。"多志诡异地咧了一下嘴，招了招手。

伟政本想说我不走，但是身子却是从老沙发里弹起来似的，赌气地说："走就走！"

就这样两个人一起走出家门，并排着往大街上走去。从大街上走往金马大酒店，直线距离不到一公里。两个人走到了大街上，人来车往，车灯四处亮得刺眼。多志脚步有点发飘，把一只手搭在了伟政肩上，伟政也搭住他的肩，两个人就这样合成一个人似的，踩着不同的节奏，晃着身子向金马大酒店走去。

宴会厅在大酒店右侧的裙楼，两个人还是熟门熟路的，进了大堂，身子自动地分开，前后脚往右边的廊道走去。长长的廊道上，空寂无人，按说宴会厅如果举办宴席，廊道上会听到一些声响的。两个人心里生疑，这时不到七点半，宴席一定还不到结束时间。越走近宴会厅，越感觉一股稀薄、清凉的气息扑来，如果厅里摆满酒席，那会是一股热气腾腾、人声鼎沸的气息。两个人对视了一眼，走到宴会厅前，看到里面黑乎乎的一片，没有开灯，因为没有办宴席嘛。

伟政瞪了多志一眼，说："你不是说老东办婚宴——"

多志挠了挠头，说："怪了，我中午遇到那谁，他告诉我的啊，他有收到请帖，还问我去不去……"

伟政说："你记错了吧，我对你的记忆力表示怀疑。"

多志争辩说："不可能，我明明记得，30年前的事我都记得，这今天的事我会记不得？"

伟政点点头，做出一种很深刻的样子，说："这就对了，越远的事越记得，越近的事越记不得。"

何葆国，中国作家协会会员，自由职业者，已发表各类作品数百万字，出版长篇小说《同学》《山坳上的土楼》以及中短篇小说集《潜入地里》等30多部，曾获福建省优秀文学奖一等奖等。

返照夕岚

126

尺素寸心知

◎ 戴冠青

　　80 多年前，泉州晋江东石郭岑村的一对新人结婚大喜，宴客的酒席从红砖厝门口的石埕一直摆到了村道上。在一片宾客们觥筹交错贺喜道喜的喧哗声中，新娘蔡氏头顶红盖头默默独坐雕花眠床一角，手中绞着帕子，暗想不知夫君是否会善待自己，心中不免一阵紧张惶恐；又想自己的未来总算有了依靠，不觉又稍许安下心来，甚至感到了一种幸福的战栗。

　　蔡氏是一个典型的闽南女子，长相标致，勤劳坚忍。那年嫁给东石郭岑村健壮的后生家郭大趁后，果真如她所愿，丈夫爱她宠她，吃苦耐劳，夫妻俩举案齐眉，耕田持家，度过如所有闽南人一样平凡而温馨的农耕岁月。

　　然而好景不长，地处福建东南沿海的晋江三面临海，海岸线长达 100 多公里，土地面积奇缺，而且沙化严重，再加上台风频至，洪涝时发，海水倒灌，庄稼难以成活，靠耕种根本维持不了一家生计。为了养家糊口，无奈之下，很多晋江后生家都成群结伴漂洋过海下南洋去番邦。虽然海路凶险莫测，番邦甘苦难料，但是勇敢的晋江人还是义无反顾地奔向遥远的海那边去开拓发展。

　　郭大趁也萌生了出洋谋生的念头。看着自己一贫如洗的家，他觉得很对不起妻子，也许只有漂洋过海才是改变困境的唯一出路。可是妻子身怀六甲，他又百般放心不下。一天晚上，他嗫嚅地对妻子说出自己的想法后，没想到蔡氏居然非常大度地说，男子汉志在四方，你去吧，家里有我呢，放心好了！

　　看来妻子早有思想准备，但她的干脆与坚忍依然让郭大趁心里一恸，差点掉下泪来。他紧紧地抱住妻子，久久不肯放手。挥手自兹去，萧萧班马鸣。离别那天，他依依惜别挺着肚子的妻子，频频回首，与数位年轻村民们奔向海路，去到了千万里之遥的番邦马来亚打拼谋生。

　　蔡氏一下子成了人们口中的番客婶。自此一人耕种几亩薄田，偶尔也会请人帮耕，照顾双亲，抚养孩子，独立支撑家庭重担。短婚长别，思念日深，每每临海远眺，望断海天，却大海茫茫，家山阻隔，终究望不来夫君回返。心里无限愁苦，无人可以倾诉，唯有夜夜泪湿枕巾。

　　幸好有侨批往来捎带音信，诉说离情别绪。尽管海路遥迢，万里飞鸿，数月乃至年余才能接到一信；然而尺幅寸心，情义毕现，聊以慰藉思念之苦。

　　这一天，蔡氏在苦盼中接到丈夫郭大趁自马来亚寄来的两封侨批，其中各夹有港币 200 元和 100 元。年轻的番客婶顿时欣喜不已，捏着信件不忍释手，疯一样跑到小学校请教书先生读信，读了一遍又一遍仍不尽兴，惹得先生都有些烦了。她马

返照夕岚

上请求先生替她回信。望着蔡氏急迫的神情，先生无奈地摇了摇头，准备笔墨纸砚，耐心地听蔡氏诉说。蔡氏情不自禁，似乎夫君就在眼前，家长里短，儿女情长，絮絮叨叨地倾诉了好久好久。

在晋江侨乡，这类事先生见得多了。他微笑着听蔡氏说完，思忖片刻，整理了下思路，随即展纸蘸墨，一气呵成，一纸言辞简约却情意绵绵的回信已昭然呈现：

大趁夫君如面：

　　来信敬悉。在外平安甚然，喜慰。所云九月五日付来乙函港币贰佰元，早已收到，复函将达矣。今日收到港币壹佰元，系是十月十五日所寄，并皆收入家用，勿介。贱内在家，所有田地，佃人耕作，收成欠佳；而自耕亦是不佳。兼之田地与人有界壤，多被人挖掘，因此田地而渐渐缩小，贱内亦未敢与人争论计较也。尽心希望此去船只通行之时即便整装回里，实所至盼也。以便整理家务是祷，否则贱内未敢轻动主持也。至希在外多自珍重为要。专此上复。家中平安，勿念。

　　顺祝

旅安！

　　　　　　　　　　　　贱内　蔡氏敬复

　　　　　　　　　　古历庚寅年十月二十六日

先生写好信后，对蔡氏读了一遍，又解释说，复信写了这些内容：一是你已收到夫君寄来的两笔钱款，一笔是港币两百元，另一笔是港币一百元。二是家里的田地，不管是雇人耕种的还是自耕的，收成都不好；而且与人接壤的田地因多次被人挖掘而缩小，你一个妇道人家也不敢与人争论计较。三是盼望夫君早日回归故里主持家务事宜。你看是否漏掉什么？

蔡氏凝神静听，罢了连连说，没漏没漏，谢谢先生！付了润笔后，急匆匆地寻找水客寄信。

当年侨胞下南洋，在异域胼手胝足，筚路蓝缕，好不容易有点积蓄，巴不得马上寄给家乡亲人。但当时侨胞打拼的地方大多在南洋山区胶园，邮路极不通畅，华侨给家乡亲人寄侨批钱款，开始只能委托回乡熟人转交，或请行船的船工代劳。随着下南洋的人越来越多，寄回家乡的批款也越来越多，有人便专门从事往返海内外为侨胞及家属递送侨批的行当，这些人被当地人称为"水客"，递送侨批俗称"走水"。水客收揽侨批，没有收据，没有担保，就是凭借乡里乡亲之间的诚信来获取信任的。

水客是海外华侨，尤其是家乡侨眷最受欢迎的人。返乡发侨批时总会被人围观，男女老少一个个急切地盯着水客手中的包裹，希望能收到自家的信件。年老的阿婆甚至把他们当作亲人，常常热泪盈眶地抱住他们不放。

当然，当水客也有很多风险，他们从海外回国，身上常常携带大批银信或贵重货物，路途遥远，一旦遇劫就可能人财两空。因此他们回乡送批时，常把批信钱物仔细卷在一个包裹中，随身带上一把大雨伞，一则遮雨，二则防身，打击强盗。一些水客还专门拜师习武，确保乡亲们的侨批安全送达。

蔡氏直接去找了水客阿来。阿来刚好十月从海外回乡，是"走小帮"的。水客有"大帮""小帮"之分。在端午节、中秋节、春节等传统节日之前返乡的，称"走大帮"。传统节日急需用钱，华侨托水客带回的钱物也比较多。农历二、六、十月返乡的水客，就是"走小帮"，带回钱物相对较少。

但蔡氏走到阿来家的村口时却停下了脚步，她突然想起了出洋的石狮蚶江人阿全的故事，这故事还是她石狮的亲戚传过来的。

原来阿全曾托水客阿来捎带100银圆和一封侨批给家里的发妻阿珍。因为阿珍不识字，阿全在纸上画了8只狗和7座寺。阿来到了蚶江，把信和50元交给阿珍。阿珍仔细看了看信，对他说："阿来哥，这钱不对呀。阿全在南洋省吃俭用，托你带回100元，你不能只拿50元给我呀！"阿来一惊，假装糊涂说："阿全嫂你别开玩笑，哪有100元啊？信上又没写，怎么不对啊？"阿珍指着信上的画说："阿来哥，你看看这里面画了8只狗。八九（狗）七十二，画了7座寺，四（寺）七二十八，72加28正好100，你怎么能说只有50元呢！"阿来哑口无言，只好老老实实地掏出50元还给阿珍。

蔡氏心想，阿来人品不好，还是不要找他了。她转身到王宫村找另一个水客王世杯。王世杯早年到厦门谋生，在往来厦门和吕宋的大帆船上当船工，常代侨民传递书信，与往来侨民相当熟稔。王世杯信誉良好，天长日久，求者日众，他便辞去船工当水客，经营走水生意，收取2%的酬金。不久还让儿子在菲律宾马尼拉开办了"王盛兴信局"，专营信款及汇兑业务。

和阿来一样，王世杯也是十月从海外返乡送信的。蔡氏把信交给他后，他热情地说，放心好了，我下月就去马来亚，会尽快送达的。蔡氏又叮了一句，告诉我家夫君，年底有空回家一趟哦！好的好的，王世杯连连答应。

十一月，郭大趁终于接到了蔡氏的回信，信中所言家中田地歉收并遭人挖掘的事宜让他焦虑不已。为了多挣银两，他在番邦披星戴月，辛苦打拼，不敢稍许懈怠。如今收到来信，想到一别三年，还未能返乡省亲，"君问归期未有期，巴山夜雨涨秋池"，他不由得分外想念家中的妻儿和双亲，特别是至今尚未谋面的三岁稚儿！

想到这儿，他突然感到了一种不可遏制的心痛。只一刹那，他便下定决心，今年一定要返乡过年，和亲人团聚。

腊月的一天，郭大趁和几位同在马来亚打拼的乡亲终于搭上了返乡的大船。一路劈波斩浪，风餐露宿，多日海上颠簸，一行人疲惫不堪昏昏欲睡。这时，不知谁喊了一声，到石狮海域了，看，宝盖山姑嫂塔就在前面啊！船上的人顿时兴奋起来，一再催促船工扬帆鼓浪加速前进。郭大趁跑出船舱，手搭在眼睛上远远望去，在氤氲的海气中，宝盖山上姑嫂塔壮美的塔影朦朦胧胧却又分外清晰，他似乎看见爱妻蔡氏和几位侨眷正站在宝盖山上望眼欲穿地张望着，甚至还可以感觉到她们看见海船越驶越近时心跳加速欢呼雀跃的神情。海船渐渐地驶近亲切的海岸，这些久别故里的晋江男人一个个血脉偾张兴奋不已！

然而这时，一场突如其来遽然而至的狂风暴雨，劈头盖脸倾泻而下，顿时海风呼啸，海浪汹涌，只一瞬间，郭大趁他们的海船便被惊涛骇浪打下海里。山上的人眼睁睁地看着亲人落入大海，在汹涌的波峰浪谷中挣扎着，霎时心碎万分痛不欲生。她们一边声嘶力竭地呼救着，一遍惊慌失措地跑到海滩，不知如何是好。蔡氏和几个女人甚至想跳入大海与亲人同归于尽，就像当年的那对姑嫂一样！

正在此刻，一艘大船顶着风浪迅疾驶近，站在甲板上的王世杯和几个船工迅速往海里扔下缆绳、木板和救生圈，然后把一个个落水者捞了上来。郭大趁被海浪冲到了船边，也被王世杯拉上船来。他一清点人数，不觉失色惊叫，海华呢？小海华在哪里？还没救上来吗？他心急如焚地扯开嗓子大喊：海华……话音刚落，只听"哗啦"一声，海华从大船底下冒出头来，双手扒住船舷，吐着水大口大口地喘着粗气。大家伙赶紧七手八脚地把他拉上了船。看到所有人都被救上船了，大家才松了一口气，连连向王世杯和船工们道谢。

原来王世杯凭着自己多年行船的经验，估摸郭大趁他们返乡的海船即将靠港。但是此时已近傍晚，风急浪高，暴雨如注，担心意外发生，他早就备好了一艘大船，叫上几个船工守在港口。没想到还真出了意外，一船人瞬间被风浪打入海里，幸好

尺素寸心知

赶得及时，总算化险为夷。王世杯也觉得十分欣慰。

上岸后，蔡氏再也顾不上别的，扑上来紧紧地抱住湿漉漉的郭大趁放声痛哭，久久不肯松手，似乎一松手，夫君又会见不到了。郭大趁轻抚着她的背安慰道，别哭了，我不是平安了吗！回村的路上，蔡氏哽咽地说，吓死我了！咱们再不去番邦了，好吗？好的，好的。郭大趁连连答应。但他转眼看到村道两旁因沙化而荒芜的土地时，不觉又叹了一口气，心想，过完年还是得下南洋，不然怎么养活一家人啊！

2021 年 5 月 14 日于寸月斋

戴冠青，泉州师范学院教授，福建省高校教学名师，中国作家协会全国九大代表，中国世界华文文学学会副监事长，福建省文联委员，泉州市作家协会名誉主席，出版小说集《梦幻咖啡屋》、散文集《泡茶时光》、论著十余部，曾获全国冰心散文奖等多种奖项。

返照夕岚

飞雪覆盖过来，成为火焰的替身（组诗）

◎ 哈 雷

秋天的诗人

我在落叶上写诗
背负秋色
文字沾染了霜寒和孤僻

写着写着，越来越觉得
秋天是异地
春天才是故乡

我租住在地球边上
我的血缘里有秋天的云彩
脚下的根，如引信

不经意，就触爆身体里的雷声
一个活在秋天的人

常常被带入春天

2021 年 4 月 5 日

先吃两口白饭，再谈月光

不和你谈海上明月了，看久了，觉得太霸道
想钻入山林中，做鸟眠状，安静片刻

树影婆娑时，那些美好的事物就会朝我走来
好像岁月可以回头，明月依然天真

人生还可以很古典，将飘落下来的黄叶
夹入诗集中，也许遇见时还能送给你

也可以很民俗，你回我一袋东北长粒香大米
每一粒都含月光的香，月光的白

生活本来就是很细碎的，就像筛下来的月光
有时也野蛮生长，如林中秋后的芦苇

有时又很精细的，被秀才诗文研磨过
我爱今晚的月光像糙米，熬出油汪汪的香

2021 年 4 月 6 日

返照夕岚

所有的人最后都要被墓碑梳理过

一个人想好了归属地
在哪
就该知道怎么去活

前几天，尹家老二去上坟
看见墓碑，高高低低
排成一爿山梁

桃花开过，野刺梨花落下
一片花瓣
雨后的山道，是泥巴拉伸的

黏上了清明这一天，生死
就没有了嫌隙。一杯酒洒到大哥坟头的
墓碑上

逞强的大哥无论走多远
也就落座在墓碑下
和人世相隔，一片花瓣和一杯酒的距离

2021 年 4 月 7 日

人间花事

手捧六出花的姑娘正朝我

走来，她的蝶衣

吻遍草野。我从内心就能触摸天空的皮毛

径自生长的树木在更换脚步

追逐一群最早被花香感动的蜜蜂

是的，蜜蜂有独自的品味

读懂我眼神的孤单里

含着一缕甜。等着拖欠已久的一场爱情

我的母亲给我乌黑的双眼

认识黑白分明的世界

现在，我用它重新认识自己

那片菜坡地

青豌豆还在野蛮地生长

百鸟传递各自的方言

——春天又回到天真和明净，如母亲

亲笔写下的人间

2021 年 4 月 8 日

返照夕岚

春上茶事

等着一片叶子醒来
就清明了

整个武夷山跟着一片叶子
喊出春风

它在岭头上喊，坑谷底喊
岩石上喊……喊出青绿，喊出甜

站在这片叶子上
古老的中国，又变得无比鲜嫩

就像一个青衣少年
晴朗，明净，正青春奋发，集结成行

前进中原本沉重的脚步
变得轻盈。沿途有黄金换不回的时光

一片叶子，切开黝黑紧密的崇山
带来溪涧深谷里的欢歌

在孤寂的异乡，浮了上来

成了我体内一枚，安静的小妖精

2021 年 4 月 9 日

落于尘埃

人生仓促

能遇见一场风雨

也是不易。我枕在一枝悬浮于世白百合的

睡梦里

雨，飘落下来

是花瓣上的弦歌

若携着七级

大风，那就是抽向花木的鞭子

早晨醒来，院子里

狼藉一片。昨天还举着话筒

对着春天表白的

百合花，全都落于尘埃

2021 年 4 月 10 日

返照夕岚

苦艾酒

冬夜围炉
在一块方糖里点燃
苦艾酒

在冰的世界里
独享烈焰
我给岁月添一把蓝色火苗

抱着一首诗
取暖，又恐被它吐出的
牙，灼伤

一个人，牵出
我身体里的一个残山剩水
布满孤独的喧声

飞雪适时覆盖了过来，成为火焰的替身

2021 年 4 月 11 日

割猪草的孩子

春天，解开了桃花的纽扣

露出了酥胸。原野上一个割猪草的孩子

走过正午饥饿的垄仔头，越走越远

他的脚下还有积雪

有觅食的麻雀

雷声响过三回，春门开了

少妇们摘下自己的桃花

分赠给男人。还有一朵在树梢上

那么高，风一吹

落在啃着半截黄瓜的孩子头上

仿佛是春天仁慈的支助，正给掉线人连上救命的北斗

2021 年 4 月 12 日

石磨盘

磨盘转动起来

它流出白花花的米浆里，有小小村庄

最早的年味

——我童年的快乐中有一项
是跟着磨米浆的大人屁股后面
团团转

后来我转山转海
停靠在城中央，我依然喜欢
米糕蒸出晨光的香味

多年之后，看到石磨盘
在老家破旧的瓦屋旮旯角
还有一次在村东老錾磨匠的猪圈里

现在我常常看到它
在鱼池上方，在茶室里。一个人的时候
我会对着它们，发呆

2021 年 4 月 13 日

哈雷，中国作家协会会员，新西兰华文作家协会副会长，中文书刊网总编辑，编审，出版诗文集十多部，现居福州、奥克兰两地。

蓝色的目光（外五首）

◎ 叶传杰

羊肠小道，一路纵深
鸟鸣啾啾不知疲倦地指引
转过山岗，一川青黛
一片纯净扑面而来

那片蓝，与两岸青山相接
蓝得那么突然
又蓝得那么碧，动人心魄
斜阳下，随波摇曳着
是画家的调色板
是歌者的主题曲
亦是诗人的咏叹调

只有极纯净的水
才会呈现此间如痴如醉的蓝
导游说，这里的泉水

返照夕岚

从地下反向生长，层层过滤

需数十年才能到达地表

展现世人的就是纯洁的静美

一簇簇泛着金光的水草

如女巫的发丝

撩拨着你阵阵心悸，久久涟漪

在寂静的河面

连引路的鸟声

也在这蓝色的娇喘中沉寂

泉心四周簇拥着晶亮的孔雀蓝

蓝色的目光，明媚如你

映照着我的世界你的梦

三问摩拉基大圆石

题记：2020 年新春，新冠病毒肆虐全球，人类必须为贪欲失控进行一次集体反思！恰逢中新诗旅团队途经摩拉基大圆石海滩有感。

你来自哪

为何孤傲至此却独好此间山水

又是谁让你们都以巨球的模样到来

在涯岸山坡的子宫里造化成形
裸露球面的背后
与其说是一双巨大的推手
还不如说是你憧憬人间的通道
沧海桑田，不断被挤出
滚向海滩的那刻
便是向海而生的雀悦

对海的渴望越强烈
便滚得越远，离浪更近
选择不同的方式滚落
就决定了你以不同面目示人
有的，直径半米
有的，直径逾两米
或婴儿般肌肤光滑
或半藏沙滩形如龟壳
或已被岁月掏空了心思

潮涨时，全体隐没无声无息
潮落时，集体浮现星罗棋布
50多个新旧不一的大圆石

犹如 56 个民族的中华儿女
共同踞守这方山海对话的时空

科学家抑或好奇的访客
总想探究你来时的路
至今却依旧是谜

或许，这个世界留些待解之谜
也未尝不好
人若对大自然没有丝毫敬畏
欲望的失控就是灾难的开始

寻访激流岛

题记：登岛，是凭吊亦是寻梦！

黑夜，曾经沉如铁幕
他的黑眼睛，追寻光明
将《一代人》的梦想
凝练，定格一个时代后
越过重山，寻上这里

这里，在他的诗里画间

泉水在低语

太阳困倦得像狮子

时间变得温顺起来

逃离是非的童真诗梦

原以为循着光亮找到了桃花源

来前，就听说当地毛利人

求神庇护过这方孤岛

当人过海时

丑陋的灵魂就留在了对岸

只是，斧声也能开出恶之花

染红激流岛的忧伤

听到的，又何止

梦想冰裂的声音

故居外

竹影婆娑，松风呓语

海水泛起蓝色的皱纹

老哈说，激流岛

诗歌是美好的

诗人是悲伤的

今日上岛，只想慰藉

那双照亮暗夜之眼的悲伤
寻回遗落南半球的诗歌种子

品慧苑老枞水仙

茶

好茶

上好茶

茶友都说

坑涧肉桂山之味

岩韵真香水中仙

武夷极品，唯有慧苑百年老枞

来自深山尽头的卢岫

那一树吐纳天地精华的叶子

最灵气的老树新芽

青苔木本粽叶香

一冲而下

满室枞香，在初冬的闽江畔

坐看云卷云舒

那个香，沁人心脾

从喉底生津，垂直而下

如泡汤，透咖了

正如这十八重洞天福地
江天一色
有人当尘埃，有人归星辰
人生不言弃，谁笑风马牛

雪乡·童话世界

开门，即见
偌大的炕床占满了房间
据说，这是雪乡标准的住宿了
还没恍过神的逼仄心情
在拉开窗帘的瞬间
突然敞亮

天地间难得有如此简单的颜色
从远山至屋顶，再铺至窗台
都是一片令人心醉的洁白
推窗，即可捧一抔松软
埋首其中，鼻尖传来
大自然最原味的清甜

返照夕岚

在这里

一排排整齐的民房与客栈

屋前屋后高挂红灯笼

将夜晚的雪域映照成童话世界

在这里

随风烟升腾的是

雪域满眼的风情，恰如

你某年某月穿越我心灵的旷野

突如其至，长裙飘逸

遇见你，是此生最美丽的惊喜

你的柔情，我的执着

是这个节日最好的礼物

相信天意吗？冥冥中

让我们频频邂逅美丽

你既不能同我吟诗共远方

我只好随月光潜入你的梦

在微风的夜里，散作满天星光

守护这片推窗捧雪的童话世界

在月色与雪色之间

你是尘世的第三种绝色

灵感吟咏着我的水墨诗情

长安怀古

我来了
钟鼓依旧，却已不见阿房宫繁华天街

那一树树的怀古情殇
爬满了古长安诗人的窗台
是诗仙临江水月镜花的兴叹
还是诗圣茅屋秋风中的哀叹

秦时明月汉唐风
猎猎旌风中
铁骑铮铮战鼓隆隆
诗人投笔张骞从武
葡萄美酒倒映出燕瘦环肥的绝代风华

你醉了吗
倾酒为泉豪饮三军的年少将军
何不抱得美人归

吟风弄月

自古就留给文人骚客演绎

叶传杰，福州市台江区作家协会主席，《金外滩》主编，福建省作家协会会员，地产史作家，著有诗集《东去来》和地产史专著数种，发表各类文章近两百万字。

百年梦·家园情

◎ 詹立新

一

百年前的茫茫暮色，

风雨缥缈，满目疮痍，

是谁，

发出千万次的"天问"？

是谁，

迸出地火般的"井喷"？

记得吗？

一批书生志士，

恰青春年少，

理想和现实撞击，

笔杆与枪杆共舞。

还记得吗？

从沪上会场的慷慨激昂到南湖红船的烟雨楼台；

返照夕岚

从井冈山的星星之火到抗战疆场的殷殷惊雷。

他们锻造砸向旧世界的重磅铁锤；

他们磨砺开创新纪元的铮亮镰刀。

自从诞生的那天起，

初心就是长流不息的源泉，

使命就是猎猎高扬的战旗。

捐躯赴国难，杀首足千秋，

这是那一代青年最可敬的品格，

也是最无奈的选择。

中国为之改变，世界为之震撼！

不能忘啊，永远不能忘：

多少骤然谢幕的青春，

将战火当成来不及完成的"婚礼"，

将枪炮声当成庄严的"葬礼"。

他们坚守主义更勇于赴死，纵使短暂却拥抱永恒。

在万水千山间写下忠诚、干净、担当；

在新中国的霞光里绽放青春、激情、力量！

二

那年、那月、那岛，

百年梦·家园情

一片蔚蓝，一个暗夜，出现一抹赤色的曙光。

正是这座英雄的岛屿，

秉沧海之气度，赋岩礁之品格。

经磨难，驱倭伪，六度光复；

联闽台，创奇迹，两次解放，

石帆砥柱，镌刻开天辟地的铁骨豪情。

拓山海，踏浊浪，苦难辉煌；

守前哨，勇改革，两岸先行，

仙井吼涛，咏诵改天换地的赤诚丹心！

习习暖风，

演绎彩云追月；

海峡春潮，

欢奏融合华章。

当"双虹"跨越蔚蓝的巨洋，

那是海岛神奇的天路；

当"蓝眼泪"翻涌在梦的海角，

那是醉倒四海游人的佳酿。

听吧，

旅台直航的船舱，

还在回响着总书记的谆谆嘱托；

看吧，

千年一遇的创业良机，

我们正把"一岛两窗三区"的战略描摹。

涛声潮韵，风姿绰约，

我在猴岩岛谛听海峡情缘的娓娓诉说；

头枕金沙，傲视苍穹，

我有海坛天神眺望未来的博大情怀。

诚可谓：

两岸家园，携手共建；

百年梦想，今朝初圆！

三

今天，党带领我们走进第一个百年华诞，

在这世纪交替的绚烂春天，

我多想用百花的色彩，

装点巍峨的小康丰碑；

我多想以百灵鸟清脆的嗓音，

歌咏脱贫路上的铿锵脚步。

一百度寒暑易节，

只为一个不变的初衷；

一百响璀璨礼炮，

只为一个庄严的使命；

一百回时序渐进，

续写中国道路的传奇；

一百次春暖花开，

舒展强国腾飞的翅膀！

此时此刻，

我们初心不改，使命在肩，

把自信与豪迈荡漾在每一张脸庞。

再起逐梦，

放声讴歌新平潭，纵情礼赞青春的党。

来吧！朋友，

我们正击楫中流，相逢一笑，

跨过雄关漫道，

跨过千秋波澜，

跨过心灵苍穹，

把一路凯歌唱响，

把一路凯歌，唱响！

注释：

（1）烟雨楼台、殷殷惊雷：出自董必武纪念中共"一大"的楹联："烟雨楼台，革命萌生，此间曾著星星火；风云世界，逢春蛰起，到处皆闻殷殷雷。"

（2）杀首足千秋：出自平潭林慕曾烈士就义前写的一对楹联："杀首足千秋，黄炎民族应有恨；伤心唯一事，白发老母更何依？"

（3）经磨难，驱倭伪，六度光复：指抗日战争期间，平潭曾经历"六度沦陷，

返照夕岚

六度光复"的历史。

（4）联闽台，创奇迹，两次解放：指解放战争时期，平潭中共地下党到台湾发展，并奇迹般地在 1949 年 5 月和 9 月两次获得解放。

（5）石帆砥柱：指平潭景点"半洋石帆"，清代女诗人林淑贞有诗曰："千寻筝拔大江中，树立遥知造化功。谁谓末流无砥柱，且看障碍百川东。"

（7）双虹：指平潭海峡一桥、二桥。

（8）蓝眼泪：初夏海水中蓝色夜光藻，极为梦幻。

（9）猴岩岛：平潭观音澳距台湾最近的地方。

（10）海坛天神：平潭塘屿岛一个观光胜景。

詹立新，福建省作家协会会员、书法家协会会员、民间文艺家协会会员，平潭民间文艺家协会主席，现供职于平潭综合实验区党工委党校（行政学院）。

小巷深深

◎ 李治莹

一

　　我印象中的家乡县城，是一座小小的山城，城中的街道从东门到南门、再从南门到北门，一直一横，就算是"通衢"之道了。小城虽然大道少，巷子真是多，此巷彼巷，悠长而弯曲，毛细血管一般，十分密集。那许多横来竖去、纵横交错的小巷，透出几多浓浓的市井气息？哪里说得完。诸如我当年赖以安身立命的塔下巷（亦称"塔下街"，中华人民共和国成立后改称"劳动巷"）就是一条长长的鹅卵石巷道，弯弯曲曲地通向吴家巷、通向四角井，蕴藏着太多的故事。

　　年少时，我曾千回百次地在家门前的塔下巷中进进出出，朝朝夕夕、冬去春来。百次千回了，我走出那条小巷，撒开两脚丫，兔子般分分钟就能抵达上有屋顶、桥上如家一般的文川桥。桥上那粗梁大柱，桥面上的鹅卵石，以及那飞檐翘角的斗拱门楼，那是何等地让我惊奇。于是，常常相聚于桥上的一小群同年，会把这文川桥比作连环画中的天上宫阙，奉若神仙之桥。那年月，总是见桥下涌流着清清的溪水，潺潺有声地哗啦啦流过。水中成群结队的鱼虾，顺着水流闲游，好一幅鱼翔浅底，万类霜天竞自由的画面。清溪两岸，多种野生植物竞相生长，水面风来，翻卷摇曳，簌簌有声。如此桥上桥下，三五个结伴同游的少年，没有半日，岂能舍得返家？！

2020这年盛夏的一日之晨，我"少小离家老大回"，兴味盎然地走下县委县政府大楼，走过中山街，十几米前方就是文川桥了，此时心头涟漪泛起。少时流连忘返的大桥上，遥遥数十年了，早已"桥"是人非。我虽然乡音无改，却早已"鬓毛衰"了，于是想起盛唐前期诗人贺知章在《回乡偶书》中的名句："儿童相见不相识，笑问客从何处来。"觉得这两句诗的意趣和意境，字字都与我相映衬。我有点天真地期待到桥上后，能有三五个儿童围上来，叽叽喳喳地问我从哪来。我或许会与他们讲述用箩筐都装不下的许多故事。

还未上桥，欣欣然见桥头的右侧近30米的古城墙昂然而立，墙中方方青砖，依然显现出当年的风采。这一节历经年年代代风霜雨雪存于城中的古城墙，虽无声却胜有声，因为它见证了时代的变迁、岁月的风雨，更有山城城市建设的变化。我走上前去，抚摩着城砖上的风尘，屈起食指，轻轻叩问：城墙呵城墙，你屹立千百年风采依然，我可是少小离乡，瞬间古稀。岁月虽然催人老，可您这护城之墙不老，还伫立在此看新时期里的城市新貌，见证四角井街区又是如何追寻逝去了的姿韵，复建大业又将怎样如火如荼地兴起……我沿着城墙，步步缓缓前行，一节一节的城墙，既在眼前，又在身后，思绪有如溪涧中的流水，似远从深山溢出，朝着不知名的远方流去。

借着缕缕晨风上桥罢，所憾未曾面见问我从何处来的儿童，见到的大多是从远近而来的扁食食客。或许碗碗硕大的扁食浓香扑鼻，品尝者专注于美食，心无旁骛，让我这远从省城来的家乡人得以独自观赏古廊桥。留心看去，发现廊桥的石阶都是呈暗红色的长条形石条，鹅卵石密密匝匝的桥面上中间，同样镶嵌暗红色的石条，砌成一条平滑滑的中线。年深日久，走在桥上的行人太多了，红石条面上已是光滑如镜。而中线左右的鹅卵石上，却是斑斓多姿，那是无数的足迹造就的。廊桥顶上的屋瓦，虽然屡屡更换，仍然依稀可见层层瓦浪中，韵味悠远地垒叠出几多历史的云烟，又历经时代多少风雨？！时时无声胜有声地向过客诉说。

二

穿过文川桥，走下桥去，让脚步连起四角井街区，朝下放出的目光，想搜寻儿时曾经无数回撒欢的足迹，哪还在？即便在，也觅不着了，必是混杂在无数的脚印之中，抑或藏匿在新铺的路底下。虽无觅处权作有，当我再步入那方乐土时，亲近感如同回到了久别的另一处家园。

千年百载了，连城人，最是莲峰镇人，口口相传、念念于心的四角井，曾经伴随着我那虽然贫苦，然而却不失为色彩的童年与少年。后来外出了，成了异乡游子，却无论哪个年月都断不了对这方乐土的牵念。借家乡上下保护开发四角井的东风，游子拂去一路风尘，故地重游。沿街而行、绕巷而走，一步一记忆。记得祖父辈们曾说，那近乎"九曲十八弯"的街巷之所以称作四角"井"，据传，说是因为古时掘有一井呈四角状，日日都有汲水人，"四角井"由此传开去。再一说是因为那一片沃土上水多！许是荡漾有一大片的地下水，人们打的井就多，先是东家、西屋、南楼、北宅四大角打井。处处没掘多深，清泉般的水就汩汩有声地往上冒，四方之家无不欢天喜地，从此四角四面都有井的地方就叫上了四角井。称那块地方为"四角井"，很久很久了，在后来的岁月中，那一带的居民百姓，大多打了井，井井旺水。让原来的四角有井，演变为八面水清，大井小井，或许可喻为"星罗棋布"了？！

四角井、四角井，那井、那水，时时在记忆中，也常常涟漪在心上。

弯过去、再弯过去，庙前巷、水南巷、楼背巷……巷巷相通、道道相连，尽管各条小巷各有各的故事，但鳞次栉比的古建筑，却是那么一致的古朴，目不暇接，让人浩叹不已。更是从一砖一瓦、一梁一木中，映照出千百年前古建筑的多彩画卷。一爿古屋就是一长幅，徐徐展开画卷后，一长段神话般的历史典故就要精彩迭出。从各有厚重历史的古民居中，随意择一李氏民宅话说古远，那栋宅院称为"八砖世第"，说是宅院之主赋性疏懒，生活烂漫，日日慢煮光阴一盏茶。时值冬季，当日光将照及厅前八砖时，才缓步出门。久而久之，竟然有了名气，八砖世第也就盛传于四面八方。由此典故引发兴致，翻出古书一读，才知以"八砖"戏称的名人还真不少。最是唐人李程，传说这位陇西人氏在德宗时任翰林学士，众学士都到齐了，唯独李程总是要等日光过了第八砖才来到，学士们笑其为"八砖学士"。但是这个老是迟到的人，却被皇帝看重，誉其为有从容不迫的风度，后来累官至宰相。此"八砖"彼"八砖"，也就不去辨明真伪、探究先后了。但巧的是，享有"八砖"之称的，都为李氏，远古的有名臣李程，四角井小巷中又有李氏乡贤，都是同族宗亲，要么是高门大户，要么为小巷名士，我怡悦中笑容满面。

无论哪条巷子，古屋门上都一色齐的大红灯笼高高挂，让所有的巷子都喜庆盎然。每每见到高高挂起的红灯笼，或许都会联想到张艺谋摄影棚下的陈家大院，但陈家大院挂起的红灯笼远不及四角井的多。四角井有几多的巷子？家家挂灯笼，巷巷一溜红，小巷虽小，红灯笼却是壮观。为四角井寄予无限情怀的家乡乡贤江洪先生言：一俟四角井街区修旧如旧工程告捷，或许会把多姿多彩的芷溪花灯移植到四角井，必定大美。天下都是大红灯笼，四角井大可不必鹦鹉学舌那般地仿效。古巷风景、客家特色，连城处处都是。那是往巷子的纵深处一路而行，古牌楼、古戏台梦幻般时时闪现，古风古韵相随相伴。

沿着左左右右延伸的小巷一路观赏，途中，常常会与铺满花草藤萝的矮墙擦身而过，古墙半截半截，大多无一人高。墙

返照夕岚

内或是庭院，或是菜园，或是花圃，又见四角井小巷特点。在一截古砖墙上，我细细观赏，只见翠绿的藤蔓从墙根攀缘而上，密密匝匝、层层叠叠，覆盖住一整截墙。如此别有风趣的景致，他方难寻此处有。

穿过这条巷、再弯出那条巷，惊见屋檐下灯笼高挂，宅第内四梁八柱都贴上大红对联，梁梁喜庆、柱柱文雅，让人寻味、意趣盎然。深入其中，那宅院真是浩大，对称的左门右房，进去了，厅堂房舍齐全，且都青砖黛瓦，飞檐翘角，木梁架构，规模不失为恢宏，尽是另一方天地。又见前后左右，都掘有天井，此井彼井，井井朝天。有的井，还存有清水，井台上置些花盆，灿烂出花卉，花与水相映，图画一般。前后左右观赏那大宅，人称九井十八厅，半点不虚。啧啧赞叹之中，天然地畅想起山西祁县的乔家大院，那是浓缩晋商乔致庸传奇一生的恢弘建筑。这个名扬八方的大院，我曾入内流连过，很是震撼。而眼前这吴家大院，虽不及乔家大院那般的浩繁宏大，然而，作为四角井小巷中的一隅，能立有一栋如此大屋，也是十分出彩了。

亮点纷呈飘荡出江山如此多娇的壮美画面，满天星辰中重在保持原生态，留住绿水青山，守住古朴经典，以永恒的生命力再续永恒。不必气势磅礴地大地抚琴，但以二胡古筝，亦可弹奏出悦耳的别样音符。在溪谷纵横、幽深起伏中，让远在异国他乡的游子忘不了乡音、记得住乡愁。改造四角井、建设新县城，适逢其时，趁势而上，惟有大智慧，方能写出最新最美古街古巷的新文章，画出最新最美的旅游发展大图。

游走于曲里拐弯的四角井小巷，面见几乎清一色的牌楼古屋，家家庭院深深、户户古色古香。我们试想，如按当今四角井整治的蓝图，或许会将四角井恢复古时的风姿风韵。让天下游人在啧啧有声的赞叹中，疑为这是从古时搬过来的一方独有世界，抑或是从天庭上掉落的一簇仙居，从此傲睨于世。

三

过往的数十年中，我常常伫立于省城一隅，从镜子中飘然银发的发丝间隙回望家乡，山城中的四角井，无疑是我年少的一方乐园。从无数回嬉戏过的四角井街巷，清晰的记忆又绕回到曾经在我家门前的塔下巷……

没齿不会忘却的一个记忆，是我尚在年幼时，曾在一个夏日的晚上，月朦胧地似梦似睡。小小一觉醒来，才发现硕大的床上竟然空荡荡只有自己。或许是四周弥漫的夜色，本能地心生一种惧怕。那年月，劳苦的父母常常去藤器厂加夜班。于是不假思索地吸上小木屐，啪啦啪啦地响出门外，响在黝黑的、静静的巷道。

当年的县藤器厂设在清嘉庆元年谢凝道进士的大宅门内，说起这位谢进士可了不得，先是恩科历任吏部稽勋司的员外郎、钦差宝泉局总监。后又外放广西梧州知府，调升云南迤西兵备道等职。不仅自己身为当朝重臣，儿子谢邦基又与林则徐同科进士，被朝廷先后委任为海宁、潮州两地知府。如此官宦之家，以大把银子在家乡建起大宅门，那就是实打实的深门大院。那天晚上，月光如水，流萤如星。说四面八方静寂无声，此话不实，因为谢氏大宅外荡漾有三口品字形池塘。那晚，池塘中的蛙声如鼓，放肆地"咕嘟咕嘟"鸣响在幽静的夏夜。心中早已怵惧的我，只能依赖脚下踢踢踏踏响的木屐声壮胆。那个夜晚，一个孩童、一条小巷、一幕夜色。

随着颇有节奏的踢踏声，我终于踏上谢氏大宅的石台阶，宽阔阔地越过"观察第"，再穿过壮观的"进士第"，一道门又一道门，门门宏伟。道道大门，门前要么左右石狮威立，要么石鼓昂然，尤显宅第气势。最后，木屐踢踏声响到了分布有"九井十八厅"的藤器厂厂区。然而，几乎让我绝望的是，一整座大宅门黑灯瞎火，只有迷蒙蒙的夜色和如水的月光，相伴着我那已经很不均匀的喘息。虽然天庭上放下月光，却似乎无力与处处的幽黑抗衡，那种仿佛有点怪异的黑，似乎黑暗了自己的整个世界。尽管惧怕，路还是要走的。于是，强迫自己穿过谢氏大宅，弯到了与谢氏宅院近在咫尺的吴家巷，走出一长条小巷后，无奈悻悻然从东街折道而返。

来时带着希望，返回时沉重于心，原本因黑夜而沉寂的塔下巷愈加沉寂了。因为脚下的木屐声更响了，踏踏踢踢，虽然响在地上，却仿佛震动在天上，在那时段，觉得天上地上都是木屐踏地的声响。

因为巷窄，我少年时就读的小学，校门与家门门对门，便捷之至。总是听到上课预备铃响了，才走出家门，横过巷子，

小巷深深

坐在教室中属于自己的课桌椅了，老师才踩着自己的脚步进课堂，无一回迟到。那种惬意和自得，而今回想起来，仍旧飘飘然、乐陶陶地一阵快活。也就有兴趣小小改动一下当年邓丽君演唱的《小城故事》：巷小故事多，充满喜和乐，若是你到小巷来，收获必定特别多。

四

从我少时脚下密密层层鹅卵石铺就的塔下巷，再到同是满眼鹅卵石的四角井街巷、吴家巷，储存着十箩八筐都装不下的记忆。而塔下巷、吴家巷与四角井不仅仅是地块上的毗邻，且相连相通、相衔相接。因为爱深情切，在记忆中总是挥之不去。曾经自家门前的小巷，到今日真想张开双臂拥入怀中的四角井多条弯曲的小巷和存有诸多古建筑的吴家巷，那都是我心心念念的家乡，抑或是曾经度过的那色彩斑斓之年华。实在难忘20世纪70年代初，县歌剧团排练大型现代京剧《沙家浜》和《杜鹃山》，因为配角演员不够，于是就把我从当时上山下乡的北团车上村借了出来。于是，当年的东门电影院与吴家巷一带就朝朝夕夕的莺歌燕舞了。我虽然配角配至手举红缨枪的自卫军，抑或是鬼鬼祟祟的匪兵甲，但能从知识青年堆中百里挑一选出来上舞台，已是无上的荣光了。记得参演的演员多了，剧团宿舍住不下，就幸运地住进了吴家巷的双子楼中。由此，近百场《沙家浜》和《杜鹃山》，就从吴家巷一隅走向乡村、走入厂矿、走进军营、走出远方……忆往昔，巷子里的峥嵘岁月稠。

巷巷弯弯、巷巷长长，多少记忆翩翩然。我折回文川桥流连，正当遐想联翩而至之时，忽见桥头一侧，有两个稚童专心致志地在折叠着纸船。我兴致油然而起，走上前去问道：折好的船做什么用呀？两稚童同时抬头看了看我，其中一男童以如歌一般的童音回答我说：去海上呀，好大好大的海上呀！我听后，即刻感奋不已，家乡代有人才出，如此年幼的孩童，就已然从山城远望，从文川桥下的细流连上了茫茫的大海……后来人如同正在跃起的晨光，升高了，必定光耀万丈，气冲霄汉。而志存高远，壮志凌云，摇翅奋羽，驰风骋雨的后来人，又何止千千万？！

正无比的感慨之中，两孩童倏忽地蹦跳而起，各自高高举起已折叠好的纸船，一路"哦哦、噢噢"地呼喊着跑上桥，从桥面上奔走着。跑下桥后，折入了四角井，一程程地没入了小巷……我目送着、思索着。我深信，从小就有志于大海的孩童们，日后将走出四角井或是吴家巷的小巷，走向省城、京城，走出国门，走向世界。因为，四角井，抑或是吴家巷的小巷，都是与外面的世界相连相接的。日后，四角井小巷的鹅卵石路，不仅要迎来无数外来游客和观赏者的脚步，也必将重叠上四角井人、吴家巷人、连城人无数走向外面世界的脚印。

因为，路通天下，小巷也就能通达天下！

古镇悠悠，小巷深深深几许……

小巷深深

李治莹，中国作家协会会员，福建师大中文系毕业，原任福建省旅游局机关党委专职副书记，著有报告文学集《海纳百川》等，散文集《弯弯曲曲的小巷》等。

返照夕岚

土豆之痛

◎ 小　山

　　几个土豆蒙满了灰烬，从烫人的灶坑里被扒拉出来，像从黑暗里刚钻出洞的小刺猬，愣愣地在我面前。妈妈像那个火焰中勇敢取出栗子的虎斑猫，对着土豆噗噗地吹着气息，尽快给土豆们降温，然后递给我——我接过了寒冬中最深沉的母爱。

　　已经是大雪纷飞了，山坳里的乡村土地冻得硬硬的，山岭上是洁白的积雪。茅草房的院子里，冰凌挂在屋檐上，我的饥饿没有足够的粮食。要读的课本堆砌在坑尾木桌上，高考的迫近，使我如同上足发条的时钟，每天学习的步骤紧凑有序，丝毫不敢乱来，希望顺利通过高考改变命运。天亮妈妈就喊我起来，深夜她还为我备一点吃的，几乎成了她的习惯动作。山里的冬季，土豆成了最常见的食物，饭桌上有土豆丝、土豆片，白菜炖土豆，咸菜坛子里则有腌制的小土豆。地窖里有储藏的许多土豆。我们家里，土豆还像糕点一样成为我们兄妹的零食。妈妈说的"饿了，吃两个土豆"成了叮嘱我们的家常话。所以，妈妈总是准备一大盆煳熟了的土豆，放在厨房显眼的地方。我随手可以拿起一个吃掉。但我偏爱火盆里烧熟的土豆，觉得土豆这样吃才是美味。我自己学会了烧土豆，埋在火盆里几个，耐心等待。然而，一心一意预备高考后，使我顾不得什么好吃了。妈妈这才总想着为我烧土豆吃。

上大学后，我开始喜欢写作和绘画，那时看到了文森特·梵高的作品——《吃土豆的人》，我压根儿没想到这种乡村食物还能进入名画，成为传世杰作。

对土豆的喜爱，深入骨髓，我应该说对土豆怀有感情了。我的心里已经有一种独特的东西沉淀下来。很多年的时间，我默默地和土豆相处，其实用不着格外渲染这点儿个人的偏好，正如我们每日吃喝拉撒都不必格外言说一样。土豆算什么，在许多人眼里，泥土中不比石头有趣的存在物而已。中国北方，不，包括中国南方、西部、东部，全世界……以土豆为食，举目皆是。我进了城，知道人家还叫它们马铃薯，山药蛋，洋芋。法国人叫它们地苹果。名字不同，土豆的本色向来一样，吃法大同小异，一律是蔬菜中的必备。喜爱我的土豆们，需要不声张，不矫情，只属于个人内心的怦然。可是，我身边人还是有些察觉了，"哦，你总是愿意点酸辣土豆丝"。嘻嘻，我还愿意吃蒸土豆。"看你把炸薯条吃的，像某种仪式似的。"我暗笑。当爱深沉时候，是不会随便就说什么的，一切埋在心里。

发芽需要适时。

阔别故土，在异乡生存多年后，一天，土豆们像麻雀一样进入我的梦中。

真的，它们确实是雪地上那些胖乎乎、灰突突的麻雀。当我思念大雪中的小院落，想我年迈的爹娘时，梦境也是浑然的洁白了。我看见了那些土豆，有了收紧的小小翅膀——只要我一声呼喊，它们就会振翅起飞，向南，向南，飞向我……带着故园的香气，和我老母亲的手温。这些小家伙，已经不是普普通通的土豆了，因为亲情，它们富有了灵性。

我不再叫它们马铃薯之类名字，这种名字，洋气得过火，使我担心忘了它们的本性。我指的是，它们原本来自泥土，闷声不响，丝毫没有什么马的意思，更不会有丁零的声音。它们是泥土里孕育的胎儿，破土而出，也是泥土的婴儿，是土豆胖小子、胖丫头。我暗自把拿到手里的土豆，起了个孩子的名字，比如林小燕或者徐小飞，我这样轻轻用心语叫着它们，问候它们！我是哥哥们的妹妹，我也是土豆们的姐姐和妹妹。以土豆为伍，我家里也总是有些土豆储存在厨房里，家人跟我沾光，不会缺少土豆吃。吃不成烧土豆了，只好偶尔用微波炉弄熟个囫囵的土豆，放入美丽的瓷盘中。自己安静地看一会儿土豆，像看土豆小孩。于是，我也开始画土豆，学习达·芬奇画蛋那样子，我画出了我的一个个土豆。

今年春天，我突发奇想，种土豆吧。

把阳台上的花盆清空一个，下楼到草地上找来比较肥沃的泥土，装入花盆内，然后，郑重其事地把一个大大的土豆埋进去。

我渴望土豆在我的阳台上开花。

天气凉，我拿到屋子里。有太阳，我又端到阳台上。

浇水。端详。观察。我精心伺候着我的土豆。

功夫不负有心人，土豆按时出芽了。

很快的，我的阳台上多了一盆美妙的"花"。绿色的土豆秧子枝茎挺朗，墨绿的叶片密集着，简直如同玫瑰花的叶子一样，雅致地打扮了我的阳台。这真是开心。

这个时候，一篇土豆的童话，适时出现在我的笔下——《冬天的菜园子》。我的蔬菜童话，一篇篇产生，不但构成了一本小书《菜园子童话》，还继续有《菜园子里的青菜男孩》，也是关于土豆家族的故事。

土豆秧子在我阳台上一天天长高。真是觉得委屈了土豆，这种生长环境我不能不担心土豆秧是否能如愿开花。毕竟不是花花草草，土豆茁壮的生长能力，开花与结果都不是一个小小的花盆就能满足条件的。这也许会让它半途而废。于是，我下楼，在家的附近寻觅一处可以移栽土豆的沃壤，仔细搜寻……

城市里涉及适合耕种的泥土时，确实太贫乏了。可在我故乡那贫瘠的山坳里，土豆们从来不会缺少生长需要的土质。

我是 20 世纪 60 年代生人，那年代的乡村生存背景，每一户人家都没有富足的粮食。从城市下放的父母，在各种政治运动中被摇晃得不得要领，根本无法顾及孩子们身心的需求。打补丁的衣裤，因陋就简的游戏，找不到书可读的荒芜。更不知道外国是啥样的。等等。恢复高考拯救了我们这代人。

我家下放后，有幸有一个菜园子，就在自家院落里。妈妈学会了种菜（爸爸还在城里受难）。我和哥哥们很快熟悉了种种蔬菜作物和种种农具。土豆田是必有的，就连我家的菜园子里，我妈妈也栽种一些土豆。土豆怎样播种、开什么样子的花、怎样收获，我也逐渐熟知了。我和哥哥们，是妈妈做农活的小帮手。

其实土豆要在春天分割成小小的块茎，作为种子放入泥土。土豆开花时，仿佛土豆田里忽然落下了许许多多的彩色小星星。土豆在夏天成熟后，从泥土深处被起出来，放到了筐里和纸箱中。隆冬时，土豆不冷，是因为它们在宽敞的地窖里安静待着。次年春天，越冬的土豆又回到大地上，担负繁衍的任务。这些对我都毫无奥秘可言了。我对土豆一生、再生的所有过程，了如指掌，就像我晓得炕上的虎斑猫它喜欢吃鱼。

然而，那时妈妈的饥饿我并不全清楚。她舍不得吃饱饭，还要一天天干农活，她瘦弱的疲惫状态，直到我成年了才彻悟过来。（妈妈，对不起！）

在馒头和饼干都极为稀缺时，妈妈用土豆为我们兄妹准备了充饥的美食。她为我一次次从灶坑里扒拉出来滚烫的土豆，土豆香气四溢，她一个都不留地递给我，妈妈比火中取栗的虎斑猫更心知肚明，她必须两手空空！就如同我吃鱼时，妈妈硬说她讨厌鱼味儿，只吃咸土豆一样，她懂得自己节俭和省给孩子吃的母爱价值。妈妈的爱，外表看不出什么色彩，一切都平常日子平常心，土豆什么样的质朴，妈妈就怎样的质朴。

小山，本名贾秀莉，中国作家协会会员，编审。主要创作童话和诗歌作品，出版图书十种，童话《虎》获冰心儿童文学新作奖大奖，童话《羊收到狼的信》获福建省政府百花文艺奖一等奖，童话《云孩子》获福建省启明儿童文学奖一等奖，作品入选五十余种图书及年度佳作选等。

返照夕岚

口角犹噙山果鲜

◎ 马卡丹

一

30 年前，在红都瑞金街头，曾经邂逅一种阔别 20 年的山果：果色黄中带青，果形椭圆略扁，形状与大小都近似猪的肾脏，亦即俗称的腰子，两两一对挂在枝上，又像是一个个小小人儿叉开双腿，如此别致的果形，自然是吸睛利器，让同伴看了又看，不忍释眼。在我，却是勾起了老友重逢的感觉，禁不住执手相看泪眼，哦不，是执"腿"泪眼相看，执着小儿圆嘟嘟双腿一般的久违山果，让岁月在泪眼迷蒙中发酵、泛出记忆中妙不可言的山果鲜香。为此，我写过一篇散文《楠藤忆》，极言与山果久别重逢的欣喜。只是，那时的我有点矫情，把它的俗称"夆藤卵"改成似乎更雅的"楠藤蛋"，把与我同摘山果的小堂叔玉生，降了辈分，改了性别，变成了善解人意的村姑玉姐。

倏忽又是 30 年过去，距离初尝果鲜的儿时，已过了长长的半个世纪，一个人怕是很难活出两个"半世纪"的，再不正名，怎么对得起如许鲜果，对得起陪伴我儿时砍柴岁月的玉生堂叔呢？

二

老家马屋是个大村落，千余户人家屋宇相连，饭餐时节炊烟升腾一片，颇为壮观，因而被列入村落一景"梓里浮烟"。只是这炊烟都从柴草得来，柴草都从青山得来，其时近山已秃，成了禁山，填塞灶膛之物只能从远山索取，小小樵夫一日只斫得柴草一担，连累得孩子们日日山中家中去来不息。不过也好，一日只挑一担柴，随早随晚到家就好，休息的间隙也就多了，反正柴担上有带着的冷饭地瓜，饿了尽可一啃；渴了山中有泉有山涧，趴下小嘴凑上去尽可猛喝。如果还想尝点鲜，那就沿山去找山果好了，"鸁藤卵"就是在一次尽兴的搜寻中偶然发现的，这种果子属于藤本，往往在山谷地带的刺蓬间深深隐藏，故而发现也晚。此前，我早已把草本、小型灌木本等类型的山果几乎尝了个遍，而大中型灌木、乔木这些类型的山果，则往往可遇不可求，端看个人之福。吾生有幸，竟然在邂逅"鸁藤卵"后与它们一一邂逅，于今想起，似乎还应了林黛玉的一句诗"口角噙香对月吟"，只不过我之口角非噙香乃是噙鲜，且对的不是月，而是绵长的岁月。

不妨如数家珍，数一数山珍，数一数这份邂逅之缘。

三

从简到繁，从易到难，万物皆宜循序渐进，人之初是小小婴孩，果之初是什么？是花。花落果出，放之四海而多准，大约错不到哪里去的。

大凡果类，多是果儿酸甜，花儿娇艳，是否花越艳，果越甜，这我未曾考究，因为你垂涎的是果，何须管它花艳花素？就像砍柴惊起了竹鸡，你就只顾捧起竹薮里那窝竹鸡蛋了，何曾理会得竹鸡之羽斑斓与否？由竹鸡说到竹果子，这大约是最简易青涩的一种山果了。其母乃一种迷你版的竹子，或许非竹，只是似竹罢了，总之茎似竹，叶似竹，枝头上悬垂串串灰中带黄的果子，果子如其母，也属迷你型，不过比黄豆略大一些，嚼起来更多的是涩，是不讨喜的那种涩，嚼过不太想再来第二回的那种涩。不过也许是我和玉生小堂叔采摘不是时候，竹果子或许还没有发育完全。可即便它发育丰满之后再无酸涩之味，我的记忆也只能委屈它了，谁让我的舌尖对它天生没有初恋的感觉呢？

对于山果，儿时的我中意的就是那种初恋的味道：酸酸甜甜，有一点涩，只是一点；有几分回味，要有几分。以我那时的标准衡量，小型灌木的果子大多能得金奖。它们也喜欢这种被宠的感觉，尤其是紫棱，总是挤在砍柴的山道上，举着满树乌紫的果实，夹道而立，像期待明星青睐的追星一族。就算有几树紫棱矜持一些，鹤立于山坡，顾盼生姿，不肯混同山道上的吃瓜群众，仿佛傲骨嶙峋，其实你只要举头，就会发现，那满树都是乌溜溜的媚眼，期待你的光临。紫棱之味当然深合我意，只可惜果子太小，仅若一粒黑豆，果核又太大，果肉就只有皮与核之间薄薄的一层，解馋可以，充饥则万万不能，尽管一把一把饕餮不已，直吃得满嘴乌紫，如同时尚女子涂得黑紫的嘴唇，肚里依然咕咕唱歌，非得再加一团冷饭或是一块番薯，方能平息肠子的喧嚣。比紫棱更有嚼头的是乌饭，同样是乌紫的黑豆大小的果实，人家怎么就比紫棱多出好几重肉肉呢？那果核细得不好意思称作核，只好说是小小芝麻绿豆儿吧。同紫棱一样，乌饭也是一把一把地吃，吃起来却要过瘾得多，咕噜噜的汁水憋不住总往唇边冒，染得双唇水汪汪的，比起"紫棱嘴"分明多几分水色，见出乌饭的档次。也正因此，乌饭有一点架子，一般不在山道上扮演迎客的角色。总是在与山道有些距离的山坡上擎着果子，接受阳光的亲吻风雨的爱抚。当然，你如果真诚去访它，它是会毫不吝啬奉献一身果肉的。乌饭乌饭，不就是乌黑色的饭么？尽管大快朵颐好了，管饱！

　　紫棱乌饭都属小型灌木，乌珠特殊一点，高度在小型灌木与大型灌木之间，说它小型吧，它高一头；说它大型吧，它矮一截；只好勉强算作大型灌木的初级阶段。它的果实比紫棱乌饭大，像一粒黑黝黝的玻璃珠，亮得有点晃眼，分明是黑珍珠啊，大约这就是乌珠得名的由来。假若把它一粒粒穿起来连成一串，那亮堂堂的贵气怕是要把珍珠玛瑙都比下去的。不过我们小樵

返照夕岚

夫们尚缺爱美心，惟多饕餮意，摘得乌溜溜的果子不懂鉴赏只知往嘴里抛。乌珠的滋味确也值得追捧，紫棱乌饭式的微酸微涩，乌珠在成熟前夕就果断淘汰了，只留下甜，津甜津甜，甜得你不敢想象，如果不是后来邂逅了黐藤卵，在我心目中，山果之王就非它莫属了。可惜啊，既生瑜何生亮，既有乌珠，何必再有什么黐藤卵呢？

四

　　邂逅黐藤卵是我半载樵夫生涯的里程碑。

　　黐藤卵的果形果色，上文我已略有描述。其实我对它还有更加直观的命名："脚叉叉"，此命名权属于我，坚决捍卫我的知识产权的却是小堂叔玉生，是他昭告全村小小樵夫们我的发明，即便半个世纪后的今天，遇见我时他还要一脸坏笑，庄严提及我的杰作："脚叉叉。"

　　那天砍柴出奇的顺，不用多久两人的柴担都满登登了。空余时间多，每每就是我们觅果尝鲜的好时机，当然不可错过。大我三岁的玉生领头，我们就钻进此前从未涉足的一道山谷。起初有点扫兴，道路被荒草刺蓬联手蚕食了，只能柴刀开路，脚踏秋草、身贴刺蓬，小心翼翼前行。开路是玉生的事，我的天职是东张西望与山果对接。谷地两旁的山坡看来是没啥名堂了，我的目光只好紧紧跟着小堂叔的柴刀。不料跟得太紧，啪的一下一根刺条反弹回来，玉生猫腰躲过，我的脸上却被划开一道口子，可能人太瘦了，血都不舍得流，伤口上就一道红外加一阵火辣辣。捂脸跌坐在草丛上，恨恨瞪一眼刺蓬，一眼不够，瞪两眼、三眼，有道是事不过三，三眼之后刺蓬间忽然有物晃动，定睛，其色青黄，其形分叉，一如叉开的短腿；再一定睛，一对，两对，三五对，那一对对短腿全在自由地晃荡，这是山果，可这是从未见过的山果啊，我顿时忘记了辣痛，大喊起来："那是什么？"玉生转头："什么？""那，那……""那什么？""那脚叉叉的是什么？""哦，那就是脚叉叉啊！告诉你，它叫牛哈卵！"

原来小堂叔早就看见了，原来他就想引出我的脚叉叉。12岁上的这份专利很快就在小樵夫中获得公认，这是后话。当下，叔侄两个欢天喜地把一对对脚叉叉收进囊中，第一次没有斩尽杀绝，留下了好几对看起来比较青春的果子，留待下回品鉴。两脚摊开坐在草丛间，轮番举起一对又一对果子，久久在眼前拔河，居然不舍得立马分而食之。小小的我第一次悟到了，原来果子的功用并不只在润舌、养胃，还润眼、养心，饕餮之上还有美的鉴赏。

脚叉叉的滋味确实不错，甜，货真价实的甜，酸，恰到好处的酸，百分百契合我的味觉，但我却失却了以往饕餮不休的冲动，很小心地珍藏起两对，回家与亲人分享，当然也为着炫耀一番，此物稀奇啊！

牛哈卵与脚叉叉算得是异曲同工，走的都是象形路线。那时候山村黄牛水牛都不少，常常垂着一对哈卵（睾丸）山野信步，

返照夕岚

大小与此果子恰有一比。羼藤卵则是比较正规的称呼，如今想来，其实也是象形，羼藤卵，藤，标明它属藤本；卵为蛋的俗称，象形其果如蛋椭圆；羼字更为神妙，上半部是"合"，下半部两只手，两只手合在一起，便成了"羼"，这活脱脱是此果成双成对的造型啊，古人造字的智慧真要让我五体投地了！

五

我要说到在中华文明史上也有些地位的山果了——玄梨。

很欢喜老家的这种叫法，玄梨，玄，玄幻，神秘，足以令人浮想翩翩。这样的称呼才对得起它的古老，它是现代梨的祖先呢。古梨据说有两种，涩一点的叫杜梨，滋味美些的叫棠梨，棠梨中最甜的叫甘棠，它们都一脸大方地坐在古老的《诗经》里，"有杕之杜，其叶菁菁"，独立挺拔的杜梨啊，它的叶子是多么青翠鲜亮；"蔽芾甘棠，勿剪勿伐"，高大茂盛的甘棠啊，请不要去砍伐它吧；瞧，两种梨在文明史册上起码都有3000岁了。

县城人对此果的称呼却有些不敬：羊屎梨，说的是此果一粒一粒小如羊屎，色亦如羊屎般褐黄。县城人大约没几个深究过《诗经》的，只懂象形好像也无可厚非，有几个地方能像我老家马屋所在的四堡，清代四大雕版印刷基地之一，300年间赫赫有名的书乡呢？不好意思，有点夸饰了，打住。

其实称呼羊屎梨还犯了以偏概全的错误。山中的玄梨有两种，一白一赤，羊屎梨至多只能象形赤色的玄梨，白色的玄梨色泽青白，亮闪闪的可爱，与褐黄的羊屎怎能挂得上勾？老家则两种玄梨分得精细，赤色的称作赤米玄梨，青白色的称作白米玄梨，赤米，白米，那都是香喷喷的米饭的祖宗啊，填补饥肠，惟兹为最，玄梨在族人的记忆中，看来是立过救荒之功的。

说到玄梨之味，我就不由得有些讪讪了。枉费它人高马大，个头超出紫棱乌饭乌珠数倍，立身之处也很讲究，总爱挺拔在悬崖陡坡人迹难觅之处，凭满树赤亮或是青白的果子向天招摇。可它的味为何偏就与涩难舍难分呢？白米玄梨稍好些，生食酸涩中带甜，赤米玄梨就非得焯焯水，去其涩而回其甘，方能入口。当然有总是好过无，何况一树果子满登登能有一筐，收获何其丰硕？有一回伯父上山偶遇白米玄梨，倾其一树竟装了满满两个畚箕，欢喜得满面都成秋水光可鉴人了。

查清乾隆《汀州府志》物产卷，"木之属"一节称呼此果为"山樆"："山樆，结实似梨，小而酸涩。其木理细腻坚致，可用镌刻。《尔雅疏》曰：'梨生山中者名樆。'"原来玄梨的正式称呼应为山樆，此条目撰写者既懂山地物产又会引经据典，倘若晚生200年，可作吾师。同一卷中还载了种植梨的方法："初种以山梨小本，用佳梨种接之"，这是在说玄梨乃种植梨之母了。北魏贾思勰《齐民要术》"插梨第三十七"谈嫁接梨树："插法：用棠、杜"；"当先种杜，经年后插之"，也证明了玄梨是种植梨的母本。勿谓玄梨小而酸涩，无其小而涩，何来佳梨之大且甜乎？

六

前此谈的山果，多属水果，是那种酸甜涩的一路，其本无论竹藤灌乔，除了玄梨，大多迷你，略显侏儒之态。山中若仅此，难免单调了点，所幸尚有一类乔木，高耸挺拔，果实累累悬于数丈十数丈之上，全系坚果，是那种韧糯粉的一路，可作互补。只不过此类树多为隐士，不入远山深处，难觅真容。我去会它，着实费了点精神。

有一日砍柴归来，见桌上一个竹筒，满满一筒花生米大小的果子，咖啡色，圆溜溜的可爱。母亲说是圆圆子，姑家表哥送的。咬一口，硌牙，原来果子虽小壳还挺硬，小心翼翼掰开，细细品鉴，有一点板栗的味道，又好像其坚实过于板栗。我虽尚甜，尚酸，但此物稀罕，味道独特，不容我不抓上一把，去小堂叔玉生那儿炫耀。不料小堂叔哈哈大笑，连讥带讽：圆圆子啊？你真没见过大蛇屙屎！哪天我带你去，一扫一脸盆。

与圆圆子的约会准备了足足七天，家中柴草备足，吾无忧矣！一个大清早随小堂叔翻山，越岭，翻山，越岭，过了远山再远山，过了再远山又远山，直到拎不清腿还是不是自己的时候，惊喜来了。一阵劲风从天而来，都说是秋风扫落叶萧萧而下，这山风却慷慨，既扫落叶更扫圆圆子，但见漫山黄叶飘飘，圆圆子如雨扑扑簌簌狂降，霎时间或赤裸或包着罩衣的圆圆子遍地狼藉。这圆圆子果坚，壳硬，硬壳外还包着一层毛茸茸的刺，像一只蜷曲着的刺猬，轻易不容入口。此时满树的"刺猬"借着好风，争相来到久仰的地面，不惜摔得个皮开肉绽，不，是皮开果现，你只需敲敲打打，扫开"刺猬"皮，满地圆圆子就任你捡拾了。天啊，幸福啊，何曾见过如此多的果子啊，成堆，成盆，你都发愁哪有那么多的家什装圆圆子了。那天回家忒晚，背着满是圆圆子的布袋走进家门，那个扬眉吐气啊，所谓洞房花烛夜，金榜题名时，恐怕也不过如此了。

其实山中的坚果不止圆圆子，还有更大粒的，与今之锥栗近似，俗称钩子，学名钩栲，其味似乎比圆圆子还胜一筹，此果山民有运来圩场卖过，一竹筒一竹筒地卖，甚为畅销。钩子树在小堂叔的描述中，大略与圆圆子树相似，似乎只是叶子有点不同。小堂叔重心在描述捡拾钩子的场景，据说捡拾钩子常是男男女女同去，男的举着长长竹竿猛敲，女的持着木棍敲打一身刺猬衣裳的落地钩子，皮开，果出，去皮，捡拾，钩子粒大，比起捡拾圆圆子来得更快、更欢。一拨女孩儿捡拾钩子，红衣绿裳，嘻嘻哈哈，打打闹闹，惹得攀树敲钩子的后生凡心大动，山歌脱口而出：

> 十七十八头发多，张嘴就会唱山歌；
> 又会低眉捡钩子，又会斜眼看哥哥。

姑娘们会回敬怎样的山歌呢？小堂叔不肯说，他已接近完成从男孩到后生的变形了，鸭公声嘎嘎，那山歌，说不定就是这小鸭公仔生生造出来的哪！

　　说起来与圆圆子、钩子也是好多年未谋面了，梦里寻它千百度，蓦然回首，那果却在、却在汀州府，确切地说，是在汀州府的《志》里："柯子，榛之属，一名椎，饥乃熟。通志云：似栗而绝小。"（清乾隆《汀州府志·物产》）我说《府志》接地气吧，远山深处深深处的坚果，也逃不出撰者的笔。连高高在上的《福建通志》也不赖，知道"似栗而绝小"，看来说的是圆圆子了。老家的山果，十有六七斩获进入志书的荣耀，只是，于我而言，志书上这些山果的那几页资格证书，怎比得它们留在一个游子记忆深处的"鲜"呢？

七

　　半个世纪后怀想山果的滋味，已觉依稀，难说分祥了，惟"鲜"一字，乃其最突出的标签，深铭肺腑。如今的水果坚果多乎哉，天南地北运来，再也无须寻寻觅觅，只是要论新鲜、环保，唯记忆中的山果独占鳌头。正所谓才下枝头，便上舌头，岂是今之水果坚果可比？更何况紧接着便是才下舌头，却上心头，如此撩情煽意；更何况一上心头，却住心头，如此缠绵不已；试问当今之天下，何果能敌？

　　记忆中的往往是最珍贵的，口角犹噙山果鲜，而山果却渐渐淡出人们的生活了。环境破坏，山林渐少，或许是一大因素。而在老家马屋所在的四堡盆地，逼山果让位的，更有人们漫山遍野种下的果树。20 世纪八九十年代,四堡水蜜桃连片,春来桃之夭夭,粉红满目。20 年后桃树老去,代之以芙蓉李漫山遍野,飞雪连天,芬芳一片。这些在山之果,或许可称是今天的山果吧,何况它们也鲜,如今城里人都兴采摘,一拨拨的红男绿女如云而来,如梦而去,品鲜枝头,嬉闹树下,倒还真有几分品尝山果之趣的。

呜呼山果,惟兹为鲜;鲜犹在口,访已无缘。昔在舌上,今藏心间;聊遣乡愁,因成此篇。幸甚至哉,歌以咏怀!

马卡丹,1954 年生,福建连城人,中国作家协会会员。1973 年以来,在《新华文摘》《中国作家》《人民日报》等报刊发表各类文学作品 300 多万字,曾获第二届冰心散文奖、《人民日报》征文奖、《人民文学》征文奖、福建省百花文艺奖等奖项,著及合著有文集《回望中原》《客山客水》《中国丹霞》等 18 部。

诗五首

◎ 刘小龙

海岸边余响铮铮的龙骨

一艘海船的容颜

历沧桑而老去

感谢沙滩多情的挽留

直挺挺地躺在涛声之上

不再随风俯仰

这是一生航行最后的美好

凝太阳之火给以的刚

含月亮之水给以的柔

卸下虚华的皮囊

才见一副余响铮铮的龙骨

裸裎于岸边纵览春秋

在滔滔的尘海岸边汹涌吟哦

总在滔滔的尘海岸边汹涌吟哦

浩浩荡荡，只是悠悠岁月溅起的飞沫

把波浪翻叠成数不清的洁白花朵

向大地作一场永不改初衷的诉说

熙攘喧嚣中纵任自己寂寞无边

轰然奔啸或喑哑静默，原来都是别无选择

潮涨了喜，做一朵浪花在阳光下跳跃

潮退了乐，做一滴水珠在礁石上闪烁

精卫填海

海水是柔情的恣意泛滥

贪玩的女娃溺死了自己

她迁恨于那些貌似坚硬的石头

像所有男人并不能满足她的欲望

于是，她化作精卫鸟

把山上的石头

一个个衔过来投进海里

好跟她的魂魄一起玩够

起初，人们以为精卫在填海

后来终于发现，千千年过去

海并没有被填平

而那些被沉入水里的石头

前仆后继，都成为百孔千疮的岩礁

一种神话期待海枯石烂

波浪涌动天长地久的殇

海茫茫，每天总是颠簸着出发

海茫茫，每天总是颠簸着出发

渡过弱水三千，放不下一种牵挂

回头望去，才悟得

远远的彼岸才是今生的家

越靠近它，风浪里的船倾斜越大

而笑容或眼泪原来一样抵达

都说那里无尘无梦

宁静安详，没有喧嚣只见繁花

蓝　尘

我是卑微的一粒尘

飘在海面的一粒尘

我被海水染蓝，有了梦的色彩

又被海风吹起，有了飞扬的歌声

还有血的热，情的柔，那是

太阳和月亮的馈赠，我很感恩

我是一粒蓝色的尘

不管被风吹得多高带去多远

哪天落下来，只想与大海相融

选择一种最后的单纯和洁净

躲进茫茫沙滩，或珊瑚丛里

再也无影无痕

刘小龙，中国作家协会会员，先后在海内外发表诗作1000多首，出版新诗集、旧体诗词集、歌词集和散文集8部。

返照夕岚

诗五首

◎ 赖 民

祖国，魂灵的流深

只是一泓潺潺脉动的泉水

月光遗世开阔了空明

微笑醮了怜惜的容颜

清荷簇拥着绯云

枝柯劲节长满了诗韵

点滴入耳满是婉转的清丽

只是在地底扎下的深根

潇潇飘逸依依垂荡

拂过水上扬波

沧浪追逐恬静的天空

看山高水更高

风鹏正举

走过时光的河流

甩下浮藻飘萍泥沙沉积

许鱼翔悠然　从容摇曳

过往的云烟飘散

无须仰人傲睨

从此尘世的浮嚣

蔚成心灵的宁谧与清澈澄静

爱恨情仇都不过一瞬间

任他白云苍狗缘起缘灭

尽管风中浮云还在飘荡

大海的浩渺还在澎湃

铅华洗尽怒放着

生命的安详

傲凌的风骨

韧性的气节

远处的歌声袅袅徐来

那低吟浅唱的是谁

魂灵流深

唯尘世溢彩中最美的姿态

返照夕岚

194

君山望晴

那东海的水
把幽蓝都细细揉搓
锃亮如镜
君山隐没在青鸾

岚气迎面扑来
忍不住面北眉南
恰似红酥手抚过
挽起了相牵挂

晓风残月晴霜清昼
又一场心事悠悠
绾住轻柔
惊回好梦

无法想象您
可以终日为我凝眸
温存着寒冷的季节
笑时眼生花脸烘霞

渐渐地
向绿荫深处
把归舟的缆绳
泊在心的港湾

泊澳前猴山

昨天的日头有点儿毒
汗蒸的小意味
如此的繁芜
拗不过善变的情绪

车尘碾过坎坷
山路与心一道颠簸
夜幕撕扯得乱麻
宛若乱世奔波

天微凉，日也微茫
景物脍炙人口
美丽渐次癯瘦成廓
囫囵成意识模糊

一幅青绿曼妙

让黑夜中昏花老眼

迷失于峋嶙崛骨

与峋嶙斑驳的思想

为什么风不抚平

心的延绵起伏

不给我一双明眸善睐

让眼前台湾海峡生动

更加宁静澄澈

让一梦之间倏忽

发现夜已觉醒

钟门断想

时光的脚步

颇有些许的遒劲

踩在夕阳的薄如蝉翼

黄昏落日辉煌

猫头埕的古榕虬枝悠然

通体以魏晋风骨的姿态

那只老树昏鸦

不知道飞到哪儿去了

传说玉树临风的琉球驸马
与那霸府大夫静静思忖
沐浴着岚岛的天风海涛
据称夜晚还时常发出悲怆

北宋的风云那么温婉
柔情得有点儿糍粑
只是剽悍的渔人以海山鼠
或者猫缆船，大洋阔面棹歌远逸

唐宋驿马如何踏碎
梯云石磴的灼灼嫣红
千年古军道蹄声鲜活的韵辙
淹没在历史的杂草荒树

连街澳旌旗屏蔽星野
战篷透迤出一脉粗犷
一首慷慨激昂的壮歌
坠落在嘉靖抗倭的烈火

我们且行且顾

石钮钟响的铿锵

沉浸在涛声依旧

一念悲壮半阕豪放

壳丘头回眸

倚鹿而顾

鱼，网在几何形的陶

温情翕动美丽的尾翼

诗意栖息在樟江溪畔

上攀湖边长江澳旁

黑发水中涟漪

独木舟唱晚

弯湾澳归来

伊人的目光

燃烧在桨影橹声

与骨簇凌厉的尖锐

骨笛的温柔

汇成多元的交响

渔猎渔耕的男女

篝火散发荷尔蒙

草寮里恣意亢奋

吼声撕裂夜幕

裹挟猎猎的风暴

我持贝耜

深耕心田

一袭龙舌兰的裙摆

唱和着贝螺的恢宏玉玦的玎珰

招展婀娜风情

灵肉瞬间崩溃

七千年的云卷云舒

沉在心底

是曾经的沧海

桑田的阡陌

找不着北了

陷落风云诡谲

前行无不沼泽

何时擦亮目光如炬

让天蓝让海静

让大地青葱

让心中的你

一笑一颦

吹响心房上瓦楞的茅草

风牵动你的衣袂

将你揉软揉细揉碎

揉进思想每一次的纷飞

赖民，福建省作家协会会员，福建省民间文艺家协会会员，福建省政协文化文史与学习委员会文史研究员，福州市中共党史学会会员，福州市戏剧家协会会员，平潭社会事业局原文体处主任科员，2016年度平潭"最美文化工作者"。

夜三题

◎ 郑 攀

只有黑暗不会被偷盗

每一个深夜都令我感动

这时分，哪怕疼痛，孤寂也可以

弥合所有无须挽留的疤痕

白天匆忙而焦躁的脚步声

被一只夜蛾带走

焚尽在那枚渴望挣脱寒冷的烛光中

生命各自包裹，独自漫游

这时分可以回放，可以

倾听那些早在夜幕来临之前

被切割成无数碎片的光明的声音

此刻安心着，区分破灭与眷恋

呐喊与倾诉

它们不同的音符与节律

返照夕岚

安心着，知道我的手心有你的手

知道只有黑暗不会再被偷盗
在没有星星的屋檐上
我抖落情感蓬勃的羽毛
用不被窥探的勇敢
裸露出思想所有的皱纹
检视依然在内心喘息的
每一份柔弱的坚守

月光短暂归来

远处暗哑的琴音
在黑的光深处飘浮
寂凉的藤萝，一寸寸爬上脸庞
远处有雪，纷纷开着矜持
藏匿了一些什么，在枝头
那般隐约，又独自温婉

严冬总是不断拉长着寒夜的隧道
你与我，徘徊各自的一端
像藤萝，像雪
像敷着冷的暖

像不肯放弃的眼神
穿游在隧道深处的黑的忧伤

然而，吾爱
每当我想你的时候
月光都会短暂归来
那么美，宛若依然青春时光
使我轻轻燃起一支蜡烛
看着你的眼睛，读我的诗行

微风穿过我的鳞片

月将圆
蓝色的天幕
被挂上无边宽广的穹弯
穹弯的河流上
有穿着翅膀的鱼
在列队慢慢飞过

今夜没有不安
灵魂陆续打开各自的栅栏
远处的战火没有飘过来
哭泣没有飘过来

返照夕岚

蓝色的天幕下

只有唱着情歌的落日朗

夜晚如果足够安详

就可以愈合白天所有的苦难

无边的蓝色里，月正圆

微风穿过我的鳞片

带上我的体温

落在了你的唇间

郑攀，福建省作家协会会员，早期作品散见于《星星》《飞天青年诗报》及地方刊物等，曾在《雪梨快讯报》撰写诗歌、散文、杂文专栏，出版诗集《自由穿行》《牧马而去》《情怀中出没的幽灵》。

夜三题

古民居，留存的念想

◎ 黄锦萍

是谁丢弃了古民居，让荒草萋萋替代了昔日的繁华？

是谁告别了古村落，离开时挥一挥衣袖，发誓没有衣锦还乡不再回来？

很多古民居和古村落是在不知不觉中变旧变老的，雕梁画栋今犹在，可一茬又一茬的青壮年走了，留下老弱病残在祖屋里守候；飞檐翘壁还支撑着挺立着，可燕子都懒得飞回来筑窝了，没有主人的空屋，飞鸟也觉得寂寞啊！

当人们突然意识到古民居、古村落需要赶紧保护时，其实已经晚了，只留下断垣残壁了，已经老得无法居住了，井水不能喝了，炊烟没有了，屋顶露天了，门环叩不响了——庆幸的是挂在墙上的祖宗还在，石板路还在，回乡的人还能找到出生地。

每个地方都有古民居遗存，探寻古民居古村落实际上是踏着先人的足迹，走进一段远去的历史。历史有长有短，古民居有大有小，能够顽强地保留到现在，一定是不想消失。当我走进古民居，嗅着灰土砖瓦的气息，一种潜伏在内心深处的念想

返照夕岚

渐渐浮出水面。

莒口镇有一片"浑头林"

"浑头林"不是一片林子，而是地处建阳莒口镇云谷山下的一座村庄。整座村庄都围绕着一片古民居展开，这片古民居的房东是当年财大气粗的赖姓财主。我喜欢有故事的古民居，记住一个有趣的故事，再荒凉的古民居也变得生动起来，仿佛当年在这里生活的赖姓财主一大家子人的面孔，鲜活地出现在我面前。

古民居的故事从石条铺成的小路开始，这可能是我见过的最独特的小路，你见过把一张张八仙桌的图案嵌到石板小路中吗？而地主老财煞费苦心建造的这一条石板路，仅仅是为了让低智商的儿子赖星星找到回家的路。石板上的"八仙桌"仿佛会说话：赖星星，别贪玩了，快顺着这条路回家吃饭，饭菜已经摆好了！

莒口镇的宣传委员吴永胜指着石板上的"八仙桌"告诉我，你看，每个家门口都有八仙桌。顺着小路往前走，确实都有，只是八仙桌大小不同而已。吴永胜开始讲故事了。说是很久以前，赖姓财主是云谷山下的首富，浑头林周围二三十个村坊，家家户户种的都是赖财主的田，老财主那才叫富啊，珍珠般的白米吃不完，雪花般的银子花不完。吃的要用景德镇的细瓷碗来装，穿的要用苏杭的绸缎来缝，家中佣人一大帮，丫头一大串，神仙看了也要妒忌三分。然而赖财主有个致命的心病，那就是家有三妻四妾，年过半百也生不出一儿半女，这可把赖财主急坏了，到处求仙拜佛不能如愿。有人告诉他，云谷山上有座大王庙有求必应，不如去试试。于是赖财主进庙许愿求子，大殿上的大王神根本不理他，倒是边上化成精的"化钱炉"乐呵呵笑出声来。大王神对"化钱炉"说，既然你笑出声来，就派你到赖财主家走一遭吧！"化钱炉"是什么？通俗一点说就是"烧钱炉"呗。

从大王庙归来不久，赖财主三姨太果然有了身孕，生下一个胖男孩，赖财主非常高兴，认为是大王神赐子宛如天上星宿出世，便给男孩取名"赖星星"。但万万没有想到的是，赖家开始没完没了地"烧钱"了！星星一出娘胎就哭个不停，要摔碎景德镇瓷碗才会破涕而笑。从此星星一哭就要摔碗给他听，很快就把家中所有的景德镇细瓷全摔完了，赖财主就派人到景德镇买碗来摔。星星长到 3 岁，摔碗已经止不住他的哭声，就改撕苏杭绸缎才会破涕而笑，家中绸缎很快又撕完了，就派人去苏杭买来继续撕。又撕了 5 年，星星才慢慢不爱哭了。七八岁时送星星去学堂念书，念了 3 年什么都没有学会，连上学回家的路都不认得。赖财主苦思冥想，终于想出一个办法，他雇人从山上开采石头，把石头打成一个个四四方方的石块，一直从家门口铺到学堂前，为星星铺出一条五里长的石块路，真是父爱如山啊。赖财主对星星说：宝贝啊，顺着石块路就可以到学堂，放学了看见方块上的"八仙桌"就要回家吃饭了。

就这样在铺着"八仙桌"的石板路上又走了几年，星星总算学会了几个字。赖财主更老了，只好让星星掌管家业。接下来发生的事就更惨了，星星把赖财主家收来的春茶送到武夷山去卖，因为卖不到他想要的价格，就把所有的春茶都放到九曲溪边烧掉了。稻谷收成了，星星带上管家送去建宁府卖，因为受到粮行老板刁难，一生气就把稻谷倒到河里喂鱼了。这样连续捣鼓了3年，赖财主家的财产很快就被掏空了。星星对赖财主说：茶山没了，稻田没了，银钱也没了，没什么事可做了。赖财主问，那以后一大家子人怎么过日子？星星回答说：那我可管不了，我要回去了。赖财主问你回哪里去？星星说：我是大王庙里的"化钱炉"，大王让我到你家投胎，现在该回去了！赖财主顿时一命呜呼。星星原来就是来赖财主家索财的"败家子"，按老人的说法叫"富不过二代"。

这个在当地流传甚广的败家子故事，记录在厚厚的莒口镇志里，也永远留在了这座古民居里。浑头林有三条石子巷，村中央有两排相对应的"美人靠"，相当于当年的"议政厅"，是用来聚会和聊天的。边上还有一口刻着"清液美泉"的古井，村妇们常在井边淘米、洗衣，好生热闹。巷子两侧立着高高的马头墙，财主家大门前铺着四五级台阶，很是气派，门当自然是瑞兽石雕，门楣饰以刻工精美的砖雕，房子多为两进或三进木头房，房与房之间有暗道相通，可用来躲土匪。右巷地势比左巷高出十几个台阶，原来巷内有很大空间，足够躲藏全村老少以避兵匪之患。左右巷的尽头有两扇气派的大门，据说村里原有四洞门，有四个方位，那是皇城才有的规格，被人告发后拆去一洞门。从门洞的气势到房与房之间的密道和阶下的暗室，都彰显着明清古建筑的格局以及浑头林当年的富庶。

宣传委员吴永胜告诉我，2011年在这里拍了一部30多集的民国谍战片叫《密战太阳山》，编剧是莒口镇人，现在在北京发展。他要求有些场景必须在莒口镇拍，以扩大家乡的知名度，真是爱国爱乡啊。剧情围绕错综复杂的谍报较量展开，不但呈现出闽北山城抗日谍战的全景式画卷，更表现了我党地下工作者的机智、勇敢、忠诚，以及共产党与人民的水乳深情。吴永胜带我走进一家厅堂，说这里就是拍交通接头地点的场景。我一看这厅堂才叫奢华，柱子全是楠木的，花窗刻工之讲究一看就是大户人家的做派。早些年有人出150万要买走这些宝贝，赖家后裔没敢卖，老祖宗留下来的传家宝卖了要遭天谴的。

书院风范小源村

小源村给我留下深刻印象的是几棵古树和几座书院。

村口那几棵直插云天的"风水树"是小源村线装书的封面。好大岁数的古树啊，两棵参天樟树树龄400年；苦槠树树龄360年，后门山有7棵杉树树龄300年；还有1公顷的古树群树龄都在250年以上。这些古树都挂着牌子的，属于珍惜保护树木。我站在古树旁向上仰望，天空中全是茂密的树叶，看来只用蔚蓝来描绘天空是不够的，这时候的天空显然是绿色的。

这么多古树掩映中一定是要有书院的，不然就辜负了这一片风水。我喜欢当地文人用"古代大学城"这个词来比喻莒口的学术氛围，这一片土地上确实弥漫着浓浓的文化气息，连落在地上的树叶都能嗅出知识的味道。南宋时莒口"书院林立，讲帷相望"，看鳌峰书院、寒泉书院、云谷书院、西山精舍、云庄书院、溪山书院、卢峰书院，哪一座不是著名的书院？当时福建新建书院47所，全国名列第三，而在莒口，仅朱熹及其弟子新建的书院就达7所之多。莒口书院远远不止这些，还有化龙书院、集贤书院、豫章书院、龙湖书院、屏山书院、大明堂以及三贤祠等15所，按现在的说法是彻头彻尾的古代大学城。在这一片古代大学城里，云谷书院、西山精舍留下朱熹、蔡元定两位宗师"理学灯语"的千古佳话；朱熹、吕祖谦在寒泉精舍写下《近思录》鸿篇巨制，全面阐述了理学思想，囊括了北宋五子及朱吕一派的学术主体。深厚的文化底蕴也造就了一代英杰：熊氏一族十三进士；蔡氏四代九儒；刘氏一脉九进士；明代首位状元丁显等。《中国人名大辞典》中选载建阳籍人士78人，其中24人出自莒口。古代大学城确实是思想与智慧凝聚的地方。

小源村最具代表性的建筑当属屏山书院。保存完好的"屏山书院"四个砖雕大字是那样的醒目，当我抬头仰望时，仿佛有一种学术的光芒将我照耀。祥鹿、瑞兽、飞禽等砖雕彰显着主人的文化品位，漆成红色的太师壁及神案上方，挂着书生打扮的刘子翚像。据史料记载：屏山书院始建于崇安五夫，创始人正是刘子翚。公元 1143 年，朱熹秉承先父朱松遗命，迁居崇安五夫，拜刘子翚为师，于屏山书院苦读。在刘子翚的教导下朱熹学有所成闻名于世。后来刘氏后裔迁居小源繁衍生息，并在小源村建起另一座屏山书院，小源便成为理学世家刘氏的祖居地。书院内"忠臣儒堂"的牌匾耀眼夺目，刘氏历代名儒画像代表着传承。清代乾隆、道光年间重修祠堂的四方碑记，则镌刻着书院久远的历史。

千年古樟树、杉木王、古朴的书院及四方石刻碑记、议事亭等，见证着小源村的时代变迁。古民居承载着乡土中国千百年的历史记忆，一个地方古民居建筑的消亡，也就意味着地域历史文化的消亡。不管在哪一时期，乡村文化都是中国文化的重要依托，村落消失了，中国文化的根就没有了。随着现代化进程的不断加快，传统村落正在以极快的速度消失，村落的建筑形态，村民的衣食住行，物质和非物质文化遗产等都处于比城市更脆弱的状态，抢救古村落显然是文化遗产保护的重中之重。为保护和挖掘小源村丰富的文化与自然资源，在华侨大学规划设计院协助下，小源村完成了《小源村传统村落保护规划》，于 2015 年列入福建省第一批"传统古村落"，并已申报"全国古村落"评选。

小源村的溪水很清澈；小源村的大红灯笼高高挂；小源村的民风很淳朴；小源村的村民也延续着书院风范，学会了儒雅，说话轻声细语，从不大声喧哗。

书坊豪宅楠木厅

去书坊乡采风那天阴雨绵绵，一路上都是山清水秀，绿树重叠有致，山峦起伏跌宕，仿佛一幅徐徐展开的水墨画。雨水的滋润使整个乡村空气更加清新，置身在天然氧吧之中，不由得大口吸气，神清气爽啊。

我为书坊乡的清代私家建筑楠木厅而来。房屋主人陈高撑着伞在门口迎接我们，已经70多岁高龄的陈高长得精瘦却没有半点老态，他底气十足地告诉我，这座房屋的年龄与伟大领袖毛主席同岁。修建这座房屋的是他的祖父陈一新，早年靠种茶发家后经营茶叶致富。房屋从1893年开始建造，历时3年建成，建造时动用木匠200多人，泥水工300多人，整座房屋有100多根楠木柱子，大小数十个房间。土改时房屋被分配给其他人居住。20世纪90年代中期由陈高赎回一半，并将毁坏的部分加以修复，才有了现在的样子。陈高说自己在这座房子里出生，像珍爱老婆孩子一样珍爱这座房屋。房屋虽然老旧但陈高收拾得井井有条，我参观他的卧室，被子叠得整整齐齐，厨房里的厨具也摆得很有规律，他说只要谁动过我全知道。老宅是很难收拾清楚，一个年过七旬的老人能把屋子收拾得这么干净，确实是爱屋及乌。

楠木厅最大的亮点当然是楠木。仔细观赏楠木厅，雕梁画栋，木雕石雕，飞禽走兽，花鸟鱼虫，福禄寿喜，这些仿佛都是与生俱来的，应有尽有。那一根根顶天立地的楠木很低调地支撑着近 130 年的历史，如果不是主人介绍，很难一下子看出来。我握着拳头使劲敲，楠木柱石头般坚硬，连回应的声响都是轻轻的，根本不想张扬。正厅中堂前有一张又厚又宽的长条楠木香案，应该是楠木厅的镇厅之宝，有好几吨重，十几个人都抬不动，由于年代久远，黑漆已经磨损，用手触摸光滑细腻，从里到外透出的木纹肌理，掩藏不住的贵气。人们是因为楠木价格飙升后，才认识到其超凡价值的。楠木纹理淡雅文静，质地温润柔和永不收缩，不腐不蛀有幽香，皇家藏书楼，金漆宝座等高贵场所，均以楠木制作为上乘。现存最大的楠木殿是明十三陵中长陵"棱恩殿"，殿内共有巨柱 60 根，均由整根金丝楠木制成。属国家二级保护植物的楠木也是中国的特产树种，已列入国家重点保护野生植物名录。在小小的书坊乡，在一座藏在深山密林中的楠木厅里，立着 100 多根楠木柱子，这是一件多么值得荣耀的事啊。

从楠木厅里走出来，又有一批慕名而来的参观者冒着蒙蒙细雨走进去。散落在全国各地的古民居、古村落千千万，唯独书坊乡以楠木命名的古民居"楠木厅"堪称唯一。唯一就过目不忘，唯一就载入了史册。

返照夕岚

黄锦萍，中国作家协会会员，福建省歌舞剧院国家一级编剧，出版诗集、散文集 8 部并多次获奖，曾担任福建省、福州市 200 多台大型文艺晚会的策划与总撰稿，担任文学本执笔的大型舞剧《惠安女人》获多种奖项。

草木本心

◎ 于燕青

水 仙

水仙花，乃漳州的市花。水仙不开花时外形如葱如蒜，故有"天葱""雅蒜"的别名，仿佛告诉你，即使水仙不开花装蒜装葱，那也不是一般的凡俗之葱蒜，那是天葱雅蒜。

这初始看去如葱蒜一般平俗的植物，水白的球茎里隐藏着花枝，仿佛虫蛹包裹着美丽的蝶翅，一股神秘而巨大的力量，从鳞茎顶端绿白色筒状鞘中抽出花茎，一点一点高过众叶，一旦花蕾爆开，便脱胎换骨了，立马出落得冰清玉洁，不像凡间俗物了。异香幽幽，真是水中的仙子了，真就是"清浅处，月明中。凌波微步欲飘空"，配得上那个"仙"字，所以水仙也称凌波仙子，真是上天独赐予漳州的奇花。一直以来都是进献朝廷不可少的贡品。唐睿宗景云元年（710年）漳郡别驾丁儒赋《归闲诗》中以"清波出素鳞"来描绘水仙花形态。康熙皇帝也曾赋诗云："翠帔缃冠白玉珈，清姿终不污泥沙。骚人空自吟芳芷，未识凌波第一花。"历代文人骚客，也多有赋诗流传后世。

在漳州的几十年，几乎没有哪个春节没有水仙陪伴。在漳州，没有水仙陪伴的春节不是春节。漳州水仙鳞茎硕大，箭多蕾饱，有玉玲珑和金杯银盏两个品系，"玉玲珑"复瓣，白色；"金杯银盏"单瓣，花冠俊美，香气馥郁，有金色的副冠，形如盏。水仙在尚未吐蕾时就被雕刻成型，雕刻师们生就一双巧手，刀锋闪处，金龙锦鸾、牛欢鱼跃，鸟兽人物迥然有趣，雕工娴熟自成流派。在漳州，那些适合种植水仙花的村子，家家种水仙，几乎人人都能操刀来两下，轻车熟路，熟能生巧。

一日，车过漳华路，迎面见一栋欧式风格的新楼侧面画了大朵水仙艺术画。奇怪了，那么高雅、那么超凡出尘的花儿，一旦呈现在画面上，不但没了香气，那鲜绿的叶，金黄的蕾，看上去反倒俗了。明明依样画葫芦的么，怎么就俗了？真是颇费思量。所以，厅堂之上多有挂梅花、牡丹花图，少有人挂水仙。就想，凡间之手的每一笔都是对它的亵渎，它是个灵物，是不能被限于画面的。再一想，不然，若挂于纸窗瓦屋的老宅子里，倒是很配的，鲜绿配金黄，那是民俗画的色调。鲜绿是翡翠，金黄是黄金。于老宅里挂一幅这样的年画，迎接远方归来的儿孙们回家过年，多喜庆呀。

后来看见有人把水仙那狭长的带状的叶画成黑色的，把蕾画成亮橘色，仿佛被破了咒语，俗气一扫而光，立马有了现代画的时尚感。其实，亮橘色花蕾的水仙，我也真见过的，在一次水仙花展上见到的，是国外的品种。还有人把叶子画成靛蓝色,配同色系的青花瓷盏,也好看。仿佛把一头黑发染成金黄色,别有韵味。

三角梅

三角梅,这闽南地区极普通的植物,普通到让我忽略了它的灿烂,直到40岁后,才发觉它的好。一旦发现了三角梅的好便全身心地爱了。三角梅虽多有盆栽,但还是地栽更适合它,若要盆栽,盆一定要大,我以为没有大露台的住房不适合栽种。虽然一出家门处处可见其花荣,依然觉得不能据为己有,心内不甘,勉强也要在不露天的阳台种上一棵,清清瘦瘦地长着,即使这般,三角梅也是涌泉相报,开得奋不顾身,开了一茬又一茬。起初,我并不明白这极普通的植物也有个性,开花前须控水,若浇水过旺它定是不肯开给你看的。遵循其道,待其叶片萎顿时方才浇水,果然奏效,忽然就爆满花芽,忽然就满树夭夭。我婆婆在我家住的日子,每次拄着拐杖经过那个对着阳台的玻璃门时,拐杖便会忽然一顿,迟疑片刻,然后走开,边走边用山东话说着:"这花禁好!"

某次去林场,迎面见到的就是它。一面篱笆土墙全被三角梅占领、覆盖。边上是那白的红的野花,那野花的架势分明是,努力过,努力要挤进这轰轰烈烈的阵势来,凭着一股野劲儿亦是没有得逞,只能在外围讪讪地度其年华。也许这是三角梅中的极品,也许由于土质肥沃,这林场的三角梅花株硕大,一簇一簇地伸张着枝干花叶，红的、紫的、粉的都开得极欢实。也就几株的三角梅，却有千树万树的浩荡之势，看过无数三角梅的我，依然有片刻的不知所措。在这 12 月的冬季里让我有种季节倒错感。有一句曾风行的话："给点阳光就灿烂"，用于嘲讽得意忘形的人，可用在植物上却是极大的褒奖。三角梅就是那种给点阳光就灿烂的植物，绽放到极致有炎炎之态，像被阳光点燃了，闽南温湿的风更助长其火势，冬天里的一把火。若在夏天里，我总是以为此起彼伏的蝉鸣不是蝉发出来的，而是三角梅发出来的。三角梅总是努力地来吸引人的眼目，自己却活得随意，闽南人说三角梅"臭贱"，就是很泼的意思。三角梅确实不需要花费太多精力就能长得旺盛。让人觉得但凡住在闽南地界，不种几株三角梅便是辜负了阳光、辜负了造物主对闽南独特的恩赐。厦门市把三角梅作为市花，真是明智的举措，让一座城沦陷于过不完的春天里。

哆　尼

哆尼，就是桃金娘。我更喜欢叫它"哆尼"，因为这个称呼伴随我整个少女时代。那时候我住在父亲的军营里，军营在当地的一座山脚下，当地人称那里为"虎岚"。据说早年，那里有老虎出没，故而得名。在那里住了十来年，连老虎的影子也没有见到。只是刮风的时候，山上的松树被风吹得"呜呜"响，像老虎在吼叫。老虎没有，但有漫山遍野的松树、松果和各种野生植物与飞鸟。野生植物里印象最深的是野果哆尼。长着一嘟噜一嘟噜紫色小浆果。哆尼为灌木，叶对生，革质，嫩枝有灰白色柔毛，每年初秋，桃金娘果实开始成熟，果实累累。果实状如小酒杯，果色先是青的，再青黄、再鲜红的，渐渐地在一场雨后一阵风中转为酱红、紫红，这个时候最好吃了，甘甜无比。等不及的我们大快朵颐，吃得满嘴黑紫，很骇人。据说吃多了会便秘。事过境迁后，我们只记得那份甘甜，忘了是否有过便秘。

"桃金娘"这个正规的学名，是很久以后才知道的。当初，我们并不知道它有这个名字，这个有些诱惑，有些乡土野气的名字"桃金娘"，听上去，多像一个乡下颇有点风骚的半老徐娘。后来看文学作品，看电视剧里那些个人名，比如杜十娘、孙二娘、潘金莲等，就觉得和"桃金娘"是同乡。

其实我们当初称呼它的并不是"哆尼"，是"哆尼"的变音，也许传递这名字的人，传来传去就走样了，也许传的人带点腔调，有点卷舌，就成了一个很雅很洋气的名字"朵尼雅"，反正虎岚的孩子都这么叫。听上去像好莱坞的漂亮影星。或者葛丽泰·嘉宝、奥黛丽·赫本、玛丽莲·梦露、费雯丽她们也都是从植物里走出来的。哆尼开花也是很美的，完全可以和这些美人媲美。哆尼的花不但美，还很有趣，其花先白后红，红是玫瑰红和紫红，同株哆尼花色变化大，红白相间，像是鸳鸯花，很好看，花期也很长。

那个时候，我们离植物很近，浑身沾满了草香气，生命里再也不会有那样的日子了。

木 棉

南方没有雪，树木大多常绿，一年四季疲惫地绿着。北方很多树一到冬天就将叶子落个精光，裸露着硬朗的枝干指向天空，像是说，来吧风呀雨呀雪呀，我死都不怕还怕什么。可是一到春天它们又返青了，绿叶盈树。变数如此之大，对季节如此敏感，像是彻底放下昨天的一切，那么舍得，它们是要腾出心身以外的一切来迎接新的日子。

在漳州，只有少数的植物有这样的特质，木棉树就有这种特质，属落叶大乔木。当然，鸭脚木也有这种特质，只是鸭脚木的枝干不够硬朗。鸭脚木的枝干株型真算得上"婀娜多姿"的，它是有资本抛弃叶子完全以枝干示人的，只是觉得缺少了阳刚之气，我更喜欢木棉树。我的旧居附近的绿地上就有很多棵。木棉树都长得很高很高，树干笔直巍峨，很有阳刚豪气，所以也被称为英雄树。春天花开满树，橙红色，树上却没有一片叶子，因为是先开花后长叶。似乎在说，这样绚烂强势的花儿不需要绿叶的陪衬。我举头仰看，蓝天成了它们的背景，煞是好看。是的，只有蓝天才配得上做它们的陪衬。那年我在家养腿伤，稍好的时候，就挣扎着去看它，带了相机去。那时春三月，花开正茂，云蒸霞蔚。远远看见有几朵坠落，却没能抓拍到这有些壮烈的动态，花落在地上依然是鲜艳的，是的，它们是鲜艳的时候就坠落了，像是一种壮烈的赴死，又像不让世人见其白头的刚烈女子。望着树下红艳的落英，完全没有李商隐"木棉花暖鹧鸪飞"的意境。

我在那里照了张相，让一个园林的管理员给我拍的，两张，都是半身的，贴着树干。好像我是从它里面长出来的，从树里长出来的我是否像木棉树的一个分枝？可是，我的花我的红艳在哪里呢？以我的懦弱，我怎敢傍依这刚烈的木棉？初夏，再来看时，木棉树便绿叶成荫。树冠在很高的地方才打开，七八棵树就可遮下一片天。那些掌状复叶排列有序，仰看，像是偌大的一张艺术版画，亦是蓝天做底子，真是"绿树阴浓夏日长"。秋天，便也随了秋的况味枝叶萧瑟。到了冬天，裸光了树叶的木棉树便有了北方树木的沧桑与厚重。木棉树四季景象迥异，好像一个人在他生命的各个阶段都活得其所、从容。

桃　花

桃花，若一朵一朵单看，也并不觉得多么好看。一树桃花看上去就美不胜收了。那年在外地，下着雨，看到前方路旁一棵开花的树，枝干婆娑，花色妖娆，远远望去像是要溢出天地间。待走近，方知是桃花，尽管细雨打湿了路面，天还凉着，桃花依然灼灼，只是孤单的一棵桃树，不知道怎么被种在了路边，与周遭的植物、与这冷的雨天不相符。桃花太美，深粉色的，让人看了既喜悦也悲伤，那是一种孤绝的美。这路边孤单的一棵桃花，让我猛然想起，这样的花是注定要与人的情感有些瓜葛的。

我一直喜欢着桃花，只是我总是被人告诫，告诫说桃花是不好的花，说不能在桃花树下照相，说会让人精神错乱，说桃花一开就有很多花癫病暴发。花癫病也叫桃花疯，还有人叫"三月桃花病"，那其实是一种精神病，狂躁型精神病，这种病一到阳春三月便情绪高昂、自命不凡，像打了鸡血，但情绪不稳，琐碎小事便可暴跳如雷，甚至有破坏或攻击的行为，尤其对异性兴趣高涨，并有幻想异性伴侣。说的人神情凝重而神秘，听的人不寒而栗。生活中也确实见过几个所谓的桃花病，都是病入膏肓的。我见过一个男人一到桃花开放季就到处疯跑，口里大声叫着一个与桃花一样艳丽的名字。开花、发病都恰在此时，可怜的桃花就成了罪魁。于是人们说，桃花是带了风骚的花，有妖气，于是桃花让人想到色情，想到"桃花运"，想到风尘女子……女作家肖勤的一篇小说用"眼窝很深，带点桃花"来形容搞艺术的男人，只一笔就写绝了。然而许多女人化妆就喜欢描画个桃花眼，上眼皮桃粉色渐渐晕开，再配桃粉色口红，果然平添一股妖媚气，很是撩人。总之，树是有性别的，"弱柳夭桃"恐怕最是女性化的植物吧。

细想来，桃花与梅花是有些相像的，只是梅花枝干骨感遒劲，梅花开放的背景是大地一片白茫茫真干净，梅花自身也近乎洁癖的干净，不杂片叶，这样一来，傲骨就出来了，凛然与沧桑也出来了。而桃花则需要热闹的春意盎然做背景，热闹的绿叶做陪衬，一出场就锣鼓喧天般地热闹，鼓、锣、钹、镲、笙、埙全用上。而我看到的那棵孤寂的路旁桃花，只有悲戚，没有梅的刚烈。这样一来，两个长相相似的美女就显出风骨与性格的迥异。桃花毕竟是美艳的，于是人们对桃花的爱就带了些矛盾，越是矛盾就越是难以抑制，回头率仅次于玫瑰。很多诗人把桃花写进诗里，唐人钱起的"桃花徒照地，终被笑妖红"。把桃花的处境表达得淋漓尽致。尽管有崔护的《题都城南庄》："去年今日此门中，人面桃花相映红。人面不知何处去，桃花依旧笑春风。"还有陆游的"桃花落，闲池阁，山盟虽在，锦书难托。莫，莫，莫"。更有《桃花扇》里那染着李香君高贵头颅鲜血的桃花，亦不能改变人们对桃花的偏见，但毕竟桃花的开落与爱情休戚相关，让桃花在人的情欲上担当如此重要的角色，也不能说不被重看吧。

金丝楠木

金丝楠木、黄花梨、紫檀，都是极名贵的树种。我发现这些名贵树种都有一个共同的特点，看上去都极其普通，貌不惊人，叶子细小，没有惊艳的花、没有长长的枝干、太不张扬了，但树干都刚劲端直，有一股凛然的正气，如同正直的人品。这些树生长期都极其缓慢。珍贵的东西都是生长缓慢的，小牛小马小鸡小鸭生下来不久就能站立、跑动，而一个婴孩的成长是缓慢的，需要花费很多的工夫很长的时间来侍候，因为人比动物珍贵。植物的世界里也是如此，紫檀，每 100 年才长粗 3 厘米，金丝楠木成为栋梁材也是要等个上百年。上百年，在历史长河中一闪而过，对于个体生命却漫长遥远，几度苍烟落照，多少水流云散，真是一寸光阴一寸金。我看过一棵金丝楠木，已经 100 年了，但看上去还很细，也许还需要生长几十年才能用。不禁想，100 年前那个种植它的人可能已经不在人世了，这真是前人栽树后人享受。在一个很现实的时代，一个处处讲经济效益的时代，实在难能可贵，种植金丝楠木的人也需有金丝楠木般的良好品质。

这些名贵的树木虽生长缓慢却不改其志，一个劲地往上长，豪气内敛却更增了庄严感，让人肃然起敬。金丝楠木密实的材质如铜皮铁骨，实为树中君子，非那些人工速生林长起来的木质酥松的奶油小生可比。这些树是植物中何等佳美的生命呀！据说金丝楠木是比黄金还贵重的，其木质结构细腻，纹理美观，冬暖夏凉，对人类是何等的贡献呀。金丝楠木古时候是皇家专用的，所以金丝楠木又被称为"御用木材"，或"帝王之木"。金丝楠木还能发出特殊的馨香之气，还能驱虫防腐，金丝楠木埋在地里千年不腐，所以皇家棺木也常用金丝楠木。也有两个不是帝王的人用了此木，一个是包公，那是他身后的事，是后人所为，后人为包公做了金丝楠木的棺椁，人民愿意这样的清官永远不朽，在人民的眼里，他是配得上用这上好的木质，金丝楠木驱虫防腐的特质亦如包公拒腐蚀永不沾的品格，包公本身就是金丝楠木这样的栋梁之材。另一个用此木的人就是大贪官和珅了，他大量窃取金丝楠木为自己建造房屋，以致他的房屋价值连城。可是他不配，贪欲最终让他失去了一切，连生命也不保。

仙人掌

仙人掌是多肉植物。一个"肉"，一个"仙人"，让仙人掌成了植物里的另类。家里也陆续养过仙人掌类的植物，常常是养着养着就被我遗忘了，然后枯干死去，我养这种植物很不上心的。在我看来，这种植物也不"仙"也不"肉"，外形张牙舞爪，凌厉得很。虽然也开花，但不及观花植物来的鲜艳娇媚，也没有木本植物那长长的枝干，舒张的叶片，太不懂人情世故了，它们被我忽略也是在所难免的。这是在我见到"仙人掌王国"之前的想法。

"仙人掌王国"是漳州某处的仙人掌植物园。我被那奇伟壮观的美震撼了，那是一座仙人掌的山。地上铺满了赤褐色的火山石，既可防水土流失又很养眼。仙人掌科、龙舌兰科、大戟科的仙人掌植物与多肉植物依山势相间而种，高低参差。原来仙人掌是可以这样造景的。我赞叹，好一场视觉的盛宴。应该说，是仙人掌类植物们共同营造了蔚为壮观的集体之美，众志之美，那是秀茂而铿锵的美。原来仙人掌类植物是需在山野自然地貌中才能显其美，于是我感叹，仙人掌类植物是贴着地气才能长好的植物，需要天然的、大幅度的自在空间，需要山

草木本心

岚流云的陪衬。虽说聚众而生才显其盛大之美，却不是那种整齐划一的，仙人掌是有个性之美的，它们的意志并不"肉"，更像是一群性情各异的人聚在一起，有人站着、有人蹲着、有人盘腿而坐，自由自在，万种风情尽在其中。

我还看到玻璃塔、红叶光棍树、贝信麒麟、马达加斯加龙、银角珊瑚、棉叶珊瑚、列加氏漆树、芦荟、酒瓶兰、猴面包树等等珍奇品种。银角珊瑚为灌木状肉质植物，其羽状复叶先端尖，质硬，深绿色，带银白色斑纹。看上去还真有点像海里的珊瑚，形象地诠释了它的名字。秀茂的贝信麒麟虽然谈不上形象，但神似。于是很钦佩给植物起名的人。马达加斯加龙像浑身长了刺的长龙，也很形象，它们多汁，多刺，蓄水，适应沙漠条件，为耐寒的抗旱植物。棉叶珊瑚不但有观赏价值。还有药用价值，茎皮、叶有调经，催吐，泻下，杀虫解毒等功用。种子含有丰富的蛋白质和脂肪，可用来饲喂鸽子和家禽，可用作泻药和催吐剂。在非洲的尼日利亚，棉叶珊瑚花的树皮煎剂和树皮粉末被用作驱虫药，叶片煎剂用来洗浴以治疗发烧。

仙人掌没有那种风摆杨柳的动态美，仙人掌有着桀骜不驯的外貌，有着安静的灵魂，像一个智者，植物里的智者，植物里的哲人。甚至，由于太过深沉而显出一副慵懒之势，人看了，心里也会慢慢安静下来，安静下来过一种慢生活，多好的植物。我想，以后再养仙人掌，一定会上心的。

于燕青，中国作家协会会员，作品见诸《大家》《北京文学》《散文》《诗刊》《作品》《青年文学》等，收入各种年鉴和年选，出版散文集《逆时花开》《跌倒》《情感档案》《内心的草木》，获福建省优秀文学作品奖、林语堂散文奖、《作品》期刊奖等。

草木本心

上巳节，待流苏花落人间

◎ 孟丰敏

今天是上巳节，也称作修禊日，古人会在这一天结伴去水边沐浴，称为"祓禊"。永和九年（353）三月初三上巳日，王羲之在兰亭修禊，举行饮酒赋诗的"曲水流觞"活动后，历代文人都喜欢在这一天玩曲水流觞的游戏。看明清的福州文人的诗文，知道他们多数会在修禊日到鼓山的桑溪去庆祝修禊日。除了桑溪，他们还在哪里可以庆祝修禊日呢？

今人似乎不知道上巳节，因为这已经是工业社会。而古人是根据农历节气生活。节气的变化直接影响百姓的衣食住行等各个方面，因此所有的节气都被百姓牢记在心了。由于上巳节是在水边沐浴，出门郊游，给予很多青年男女认识的机会，后来渐成中国的情人节。我并不知道今天是上巳节，却在上巳节做了一件特别浪漫的事——清晨6点出门等花落、拾花。

为何在上巳节拾花呢？上周天，女友明媚说衣锦坊的流苏最近要落花了，想去拾花。一是落花很美，值得欣赏；二是流苏的花可直接泡水饮用，晒成干花更养生。明媚去年拾了不少流苏，今年还想来。植物群群主青色听后立即响应。我很惊讶，

返照夕岚

她们年年到同一个地方看同样的花，不会失去新鲜感吗？

无论如何，我也想去看落花。不久前，郭德立老师拍了一个流苏落花的视频，只见画面中白色的花朵从树上徐徐落下，在地面上慢悠悠地随风滚动，仿佛与风嬉戏一般，十分动人心弦。

大家也好奇，下周三早上会落花吗？于是，星期天晚上我们先到衣锦坊探花。左看右看不确定。明媚说，华林路有家锅边不错，不管是否落花，我们都去吃锅边。我是锅边迷，顿时眼睛一亮，说我要去看落花，吃锅边。就这样，我们的拾花锅边群成立了。其实周三是上班时间，要看落花，她们这些上班族只能7点就要到花树下等着，然后吃锅边，才能赶8点的班打卡。

我因为不用上班，自然很乐意早起看落花。但是怕睡眠不足，晚上8点20分，我就去睡觉了。第二天早上6点醒来，我激动地打了车，赶到衣锦坊，巷子里安静得很。来到流苏花下，只见树上的花一半是枯萎的黄色，另一半结实地黏着树枝，没想落下的样子，似乎还傲慢得很，逼着我只能一直抬头仰望它。

此时，地面上有一些不起眼的白色丝条，让我怀疑，我期待的一场落花飘雪，这个心愿今天能实现吗？我马上把自己看到的情形发到群里。不一会儿，爱花的女友们陆续赶来了。明媚抬头看了一会树上的流苏，又看看地面，叹息道："今年好奇怪啊，花期这么长，花又这么小朵，不如去年看到的美。"青色也仰望了一会儿，和她发出同样的感叹声，说去年真的很美。我不禁好奇地问她们，为何每年都来这里看呢？不都是一样的花吗？

她们高兴地说，喜欢看，每年看花的感觉都不一样，每年在此也似乎有奇遇。明媚和青色就是在此相遇的。我恍然大悟地点头，原来花下的故事才是最美的。

我想起了台湾女作家写的一篇散文《白雪茶树》，读来如在梦中。不是白茶花多美，而是爱花的那份心境、追花的过程令人着迷。想来，我对爱花者的认识还是浅薄。

"采菊东篱下，悠然见南山。"我从前没有完全读懂这句诗，今天终于明白了。有一种浪漫是采菊，有一种心情是悠然。东篱、南山都是次要的布景，换作土墙、水边不也很好吗？

今天青色来，特意为我们每个人都带了一朵红色木棉花。此前，我和青色在集贤宾喝茶时，花道师半碗来，在芙蓉弄捡了一朵红艳的木棉花带给青色。半碗当时说，她们花友见面都会带花给彼此。我便啧啧称赞。青色当时补充道，她们花友到了哪棵花树下，要把落花堆好，摆个造型后才离开，目的是让后来的花友知道她们来过了。这是她们留给花友们的一种记号。

过了一周，她们去山上赏花、拍花。半碗又发了一张图片给我。她在山间捡到一种常见的小花，编成了戒指戴在手上。我被她的这枚花戒震撼了，只觉得这才是一个文人该有的美好情怀。文人不过诗意、有趣的生活，只是为写而写，就不是文人了吧，只能算是卖字为生的文字民工。

古代文人的散文为何千百年来都有粉丝追捧？因为他们记

录的生活太美好，而那种生活不是用钱堆砌出来的。比如张岱、李贽、袁枚、李渔、郑板桥的散文，各有特色，却都是生活的内容，体现了一种人生情趣、精神追求，还有人性的温暖、美好。用一句话概括：他们都是灵魂有趣的人。

虽然流苏当天没有落花，但我也在地上捡到了几小朵留作纪念。明媚说，这些花很多在树上枯萎了，没有落下。昨晚大雨，这些花也没有一整朵的落下，而是一丝一丝地飘，就是因为花朵太小了。如果花朵够沉重，风雨一吹，便落下了。今年看来无法欣赏流苏花雨了，我有些失落。而明媚、青色、半碗往年已收集了不少流苏花。她们会晒干花做茶、酿花酒。我羡慕地看着她们，仿佛她们的脸都变成了花。

你如果结交几个花友，是否会和她们见面时交换一朵花呢？是否舍得牺牲你的早上睡眠时间，赶着上班前去等一场花雨呢？

孟丰敏，笔名璎洛，中国作家协会会员，中国音乐著作权协会会员，新华社《瞭望东方周刊》专栏作家，福州市作家协会副主席兼秘书长，《福州文学》执行主编，福州文物代言人，出版散文集《流翠烟台山》《台湾音乐往事》《乡愁里的福州》等。

上巳节，待流苏花落人间

乡情小品

◎ 张如腾

乡村小铺子

乡下的小铺子不是城里的大铺子。

乡下正正规规的小铺子也不是纯粹做买卖的。

城里，顾客忽进忽出如浪激浮萍。这里，"退休"的老农一进去就扎根，然后慢慢长出些故事来。

许多故事都银须鹤发了。

这里出售油盐酱醋茶，这里出售五味豆，这里免费供应甜酸苦辣咸的口头文学。

化肥、农药……田螺退避到深山的梯田里；三用机、电视机……小铺子是传统故事传说的最后领地。

他们有雅兴，他们还吟诗作词，他们还举办迎春诗会，墙壁上贴满了白纸黑字的闲情逸致。此等热闹，城里文坛有谁知晓？

他们只作旧体诗词，乃不知有艾青，无论舒婷、北岛。他们只是自得其乐，颇得世外桃源"不足为外人道也"的真味。

故事、诗词丰收之后，满地烟头、瓜子壳、可乐瓶盖，犹如水稻收割之后满田茬儿。

阅览室也剪了一角在这里，有一两夹报纸提供新闻和农业、商业信息。

还有一盘下不完的棋，让楚汉之争成不了历史……

山道浪漫曲

树荫里凉凉的一条山道，很浪费地只走着四个人。

四个人都不关心脚下的路，四个人都东张西望地看树，仿佛是以眼光为脚走在树上。

考察植物资源吗？不是。

采集植物标本吗？不像。

他们欣赏树的姿态，他们辨别树的属类。

两个人只欣赏姿态，两个人只辨别属类。

他们貌合神离，原来他们是两支人马——在那山脚下，路合人马合。

欣赏树的姿态者，福建人，下乡采集民间故事、歌谣、谚语，顺便搜集点写作素材。他们如饥似渴地瞅着，望着。他们从盆栽里走出来，赞叹世界很清新、很恢宏……

辨别树的属类者，江西人也，自言是民办教师，从学期与学期的夹缝里挤出来，伐大叶樟煎油卖。他们颇为焦急地寻着，觅着。他们从千里之外的乡间走出来，怪怨世界太大，樟树难找，

乡情小品

233

妻儿难见……

在这又弯又陡的山道上，你抛你的物质文明的汗，我洒我的精神文明的汗。

我们的时间和空间会感觉到此时此地走过这样一支细小而奇特的队伍吗？

到了山顶，入亭歇息，清风不绝生谈笑。你抽我的香烟，我嗑你的榛子，已是烟榛不分家——两个文明在山顶上奇妙地融汇！

下山去，你帮我发现树中"花魁"，我帮你发现树中"油郎"。还悠悠地教学着刚采集来的山歌：

"一片树叶黄摆摆，问你阿妹哪里来……"

山里的少女

我把无数重重叠叠的崇山峻岭抛向身后，抛向大街，于是，唯见你频频斜来的秋波。

秋波何其清澈，秋波带着勇敢与自信，带着憧憬与惶惑。

只有深山里才有的秋波，纯净，无污染，有银鱼在游，有梅花鹿在回头，有万顷绿树在摇荡……

有你的父母在，有你的兄嫂在，有你的弟妹在。你就不怕被目光交织的网捕获吗？你完全依恃你少女的纯真与痴情，才这样如入无人之境！

你这山间的维纳斯，无数青山绿水的灵秀塑造了你，你才这般秀美，这般水灵，像晨风中摇曳的滴洒着露珠儿的新竹。

你也有牛仔裤，你也跳迪斯科，你也有车床，你不嫉妒城里的姑娘，你的目光里没有自卑。

只是，乡村的爱情故事情节太寡淡了。十六度春风秋阳，山里的少女刚刚成熟，群山中刚刚多出两道隆起的曲线，千篇一律的唢呐声便迫不及待地迎进村来，一下子粗制滥造出一个爱情故事。

你不愿以你为主人公的爱情故事如此粗劣，你有了紧迫感，你的目光是在向我求援吗？

我再把无形的千山万壑扔到身后，于是，以少男的真情、炽烈的目光暗暗回报你，也有着美丽的憧憬……

（原载《散文》1988 年）

张如腾，1942 年生，福建永安人。1964 年毕业于现福建师范大学中文系。曾在中学任教，后供职于中共永安市委宣传部、永安市文联，主编文联刊物《燕江》。中国作家协会会员。著有散文诗集《酽酽的乡情》《大自然·人》，诗文集《杂化·群莺》等，作品散见于《人民日报》《散文》《诗刊》《中华诗词》等报刊，部分作品被编入《中国散文诗》《中国散文诗大系》等十多个选本。

生命绿

◎ 任凤生

48年前的农历4月13日，我出生在福州郊区凤岗里（今建新乡）的始妈家里，父亲以我的诞生地取我的名字，让我记住这人生的第一站。那里是闻名遐迩的花果之乡，推窗见绿，开门是绿，一片绿的世界。我在这绿色的襁褓中长大。我的生命的原色便是绿。那年月，我每天在高高的白玉兰树下拣花瓣；在繁密的瓜豆藤蔓中捉迷藏；在散发着泥土芬芳气息的耕犁后抠泥鳅；夜里，听布谷鸟声声叫唤，做着绿色的梦……

少年时代，我回到盖山塘池村的故乡。这里远不如凤岗里丰腴富饶，前后两座小山荒凉而贫瘠，我们一家过着穷困艰难的日子。唯一给我慰藉的是，山上茉莉园、龙眼树和坡地上的野草所呈现的绿，虽然不甚浓郁，却也给我一片希望之光，鼓舞我去拾柴，去种菜，去从事农家的劳作；使我忍受饥寒，体味了人生的最初的辛酸甘甜。那些年，我常常伫立廊前，眺望对面山上的绿。尤其在夏季里，一阵雷雨过后，山景格外绿，绿得清新，绿得发亮，世界突然被洗涤得如此明净纯洁，小小年纪的我，心旷神怡，竟乐融融地陶醉在这如诗如画的自然美景之中。

流光逝水，人到中午。说心里话，我长年累月地生活在繁华的城市，真有点厌倦嘈杂的市声和光怪陆离的色彩。我怀念乡村的宁静，怀念乡野的绿。每年，我都要回到乡下去，走在乡间小路上，走在羊肠山道上，又见茉莉园，又见龙眼树，又见稻禾，又见芥菜，又见那漫山遍野的青青小草，我似乎觉得，我又真正回到了生活中来，心中不禁漾起朦胧的绿，朦胧的爱。

1981年夏，我身患沉疴。一天，在深深的幽幽的昏迷之中，一片绿叶飘然而至。顿时，我睁开疲弱的眼睛，看到病房临窗的白玉兰叶片闪耀着绿色的生机。神奇的童话一般，这一片绿，载我渡过苦难的汪洋，安然飘往生命的彼岸。后来，我在小文《绿叶》中这样评价："我痊愈出院了。我不否认现代医学的神效，但又怎能否认曾有一片绿叶鼓起我生的勇气，召唤我顽强生存下去的力量呢？"

是的，纵观我的生命历程，我应当这么说："绿便是生命。"至此，读者诸君便不难理解，我为什么如此执着地追求绿，如此迷恋地喜爱绿。1984年初夏，我随一批散文作家来到武夷山自然保护区——大竹岚，满眼是绿的树，绿的草，绿的路，绿的云，绿的山，绿的水，我惊喜，我激动，像林中鸟，像花中蝶，我真不愿离开这一座无边无涯的绿色乐园啊。

我们的生活，我们的社会，不也是一座绿意葱茏、生机盎然的绿色乐园吗？愿我的每一篇劳作，都成为一片虔诚的绿。

（原载《福建文学》1988年）

生命绿

任凤生，1939 年生，福建福州人。1960 年毕业于福州师范专科学校中文系。历任福州第九中学、第二十一中学语文教师，福州教育学院院刊编辑，福建教育出版社编辑、主编、社务委员。中国作家协会会员。著有散文集《生命绿》，专著《福建散文作家作品选评》，编著《二十世纪中国学者散文百家》，主持编辑《中国现代文学总书目》《二十世纪英美文学辞典》《二十世纪中国杂文史》等。

返照夕岚

荷 花

◎ 尤 廉

江南六月，最吸引人的去处，我看应该是荷塘。放眼望去，"接天莲叶无穷碧，映日荷花别样红"，阵阵清香，沁人肺腑，使炎炎夏日也减少几分暑气。如果在夜晚，明月当空，蛙鼓蝉鸣，这荷塘月色，无疑是江南水乡最美的、最有诗意的景致。

荷花又名莲花，古书上也称为芙蕖、水芝。原产亚洲温带至热带，多年生宿根水生草本植物。我国栽培荷花历史极为悠久，我国最古老的诗集——《诗经》和第一部药物学著作《神农本草经》，早就有关于荷花的记载。五十年代，辽东半岛普兰店泡子屯村曾在地下一米深处的泥炭层中掘出古代莲子，经科学方法测定，它已经在地下沉睡了千年之久。奇怪的是，这古莲子经播种，发芽率仍然很高，所得植株的形态特征和现代的荷花相似。1973 年，河南郑州大河村仰韶文化遗址出土的两枚古莲子，经测定，竟是五千多年前的遗物了。

数千年来，经过我国劳动人民辛勤选育，产生了许多美丽、珍贵的荷花品种。记得我出差到武汉时，在园林科研所的植物园中就看到过许多荷花佳种，如并蒂莲（一梗双花）、品字莲（一蒂三花）、重台莲（花中有花），而这些只是观赏荷中的一部分，此外还有许多子用荷（供繁殖用）、藕田荷（供食用）的品种。

赏荷、采莲，是我国人民一种传统的习俗和爱好。《汉乐府》中有"江南可采莲，荷叶何田田""采莲南塘秋，莲花过人头。低头弄莲子，莲子清如许"等诗句的生动记述。我们福建省由于湖塘泽沼星罗棋布，很早也广种荷花了。唐末五代，"开闽始祖"王审知的媳妇陈金凤，有一年端午节，在福州西湖观看龙舟，并欣赏湖上盛开的荷花，当场作了一首《游乐曲》："龙舟摇曳西复东，采莲湖上红又红。波淡淡，水溶溶，奴隔荷花路不通。"可见当年福州西湖种荷的盛况。还有一首《采莲曲》，是清代闽东山区屏南县诗人黄正坤写的："采采不盈掬，扁舟趋晚凉。花边休荡桨，怕有睡鸳鸯。"从水面荷花，写到花下鸳鸯，动静结合，情趣盎然，我看可以同上面的《乐府》相媲美。

荷花，既能在池塘湖面上大面积种植，又可在家庭庭院里用大水缸栽培，还有一种微型荷花——碗莲，叶小花小植株小，可用直径20～30厘米的盆碗栽培，放在室内或案头，小巧珍珑，清雅别致，可算是别具一格的盆景了。

盆栽（缸栽）荷花，培养土要用含腐殖质的塘泥或田泥，再拌和适量的粪肥、饼肥、骨粉之类的基肥，加水捣烂成泥糊状。可在清明节前数日种植，每盆放入留有三个节的藕二三条，盖土厚约20厘米，最后加满盆水，放在庭院的向阳处，泥干后再加水，吸饱了再晒，保持水位在5厘米左右，以后随生长期来调节水位，可深至12厘米左右，叶出齐后又宜浅水。夏季即可开花。

还有一种叫实生莲栽法，适用于碗莲、钵莲。取去年成熟的莲子，将上端在砂石上磨穿，露出小孔，用温水浸泡一昼夜，种皮泡胀后，轻轻剥去，然后种于碗、钵中，在温度20℃左右时，约一周即可发芽，形状与藕生的一样。一般要2～3年才能开花。

荷花不但是很好的观赏植物，它的地下茎（藕）又是极好的食品，莲梗、莲叶、莲房、莲子都是药材，真的是全身是宝。当然，人们喜爱荷花，主要还因为它那"出淤泥而不染，濯清涟而不妖"的品格，往往以荷花象征洁身自好、不与邪恶势力同流合污。

（原载《学会》1989年）

尤廉，福建罗源人。福建省作家协会会员。著有《艺林折枝》《文艺鉴赏50法》《向隅而谈》《芸窗集》等。曾担任《冰心全集》特约编辑，《冰心全集》荣获第二届国家图书奖荣誉奖。

荷
花

月夜南曲

◎ 陈瑞统

　　星移物换，岁月流年，许多往事如梦如烟，随着时序消逝而淡忘了。不知何故，故乡的月夜南曲，却使我难以忘怀魂萦情牵。

　　每次回到家乡，不管月圆月缺，我总爱沿着渔火闪烁的长堤漫步，或者驻足桥头凭栏观赏四围夜色，沉思默想一番。遇上满月如镜，清辉如泻，不禁想起许多古人的咏月名句："明月几时有，把酒问青天。""海上生明月，天涯共此时。""露从今夜白，月是故乡明。""举头望明月，低头思故乡。"……

　　透过如初雪一般皎洁的月华，隐约从家乡古镇传来了一阵悠扬动听的洞箫声和清亮激越的琵琶声，如丝如缕的乐音在江波上萦回不绝。悦耳的箫笛声中，听得出是一位嗓喉甜柔的姑娘，轻按寮拍，唱起了优美典雅的南曲；曲中有诗情画意的闽南风光，也有浓郁如酒的故土乡情，更有侨乡儿女对理想、光明和幸福的执着追求。呵，这何止只是一曲乡音，不，这分明是综合着生活、劳动、爱情和艺术的深情的礼赞！我想，只有热爱生活、对未来充满希望的人，才能从心灵中倾吐出如此美

返照夕岚

妙的乡音！

悬挂在天心的明月，似乎是用圆规画出来的。十里江流细浪千叠，浮动着、跳跃着万点银辉。月光装满了夜泊江上的每一条帆船，也注入了我如痴如醉的心扉。

南曲声声，飘绕江天，令人尘虑顿消，恍如置身梦境。呵，一曲《出汉关》，唱出当年王昭君远离故国出雁门、"漠风塞雨胡笳凉"的断肠哀怨；一曲《因送哥嫂》，唱出挣脱封建樊笼的青年男女生死不渝的坚贞爱情；一曲《远望乡里》，倾诉不尽天涯游子思亲怀乡的惆怅；而一曲《元宵十五》，则抒发了海内外同胞欢聚侨乡古城，"共一轮明月、唱百代乡音"的喜悦心情……款款丝竹，袅袅乡音，有如江南早春飘来的一阵阵夹带着花草芳馨的春风，幽雅、美妙而动人，使人不觉忘情地陶醉于其中，真个是"声飞霄汉云皆驻，响入深泉鱼不游"呵！

南曲，又称南音，流传于闽南泉州一带，也许已有千年的悠久历史。便是在现代生活中，它所飘逸出来的旋律，也带着各个不同时期的鲜明印记。"音乐是一条河流"，它的每一个音符都是一朵生活的浪花，都反映着人世间的悲欢离合、荣枯兴衰。

记得我童年时，家乡夜气如磐，一片荒凉凋敝。每当落日黄昏、冷月残夜，时常从小街穷巷传来阵阵如泣如诉的南曲，满含忧怨愁苦之声，在如豆油灯下缝衣的母亲听了，忍不住叹息落泪，我的心也蒙上了一层阴影。那时的南曲艺人地位寒微，生活无依，备受歧视，过着"年年难唱年年唱，处处无家处处家"

的凄凉岁月。南音艺术也奄奄一息，弦断箫咽，几近绝响。

直到中华人民共和国成立以后，百花齐放，推陈出新，南曲才又获得复苏、繁荣的生机。20世纪50年代的生活虽尚清贫，日子却过得宁静而舒畅。那时我和一群渔乡少年常在繁星闪烁的夏夜，提着灯笼在江滩捉跳鱼儿；或者围坐在老榕树下，聆听从泊岸渔船上传来的渔家女月光一般清亮明丽的南曲。在我的记忆中，那珠圆玉润、纯真甜美的声韵，仿佛就像一泓晶莹的清泉，流过故乡开花的原野。

后来便是人所共知的焚琴煮鹤、璧碎珠沉的十年劫难。技艺精湛的南音乐师被拉上街头批斗示众，珍贵的《南曲指谱全集》和心爱的琵琶洞箫全被付之一炬。此后的许多年，我听不到情韵深沉、亲切动人的南曲，寂寞的心有一种难以名状的失落感，仿佛眼看一颗明珠，被沉入深深的海底……

回忆确实叫人百感交集，思绪万端。南曲的命运和人的命运一样，共沉浮，同荣辱。但是，人民所喜爱的艺术，终究不是鞭风棍雨摧毁得了的。就像东西塔和洛阳桥，历经多少雷霆风暴，依然和故乡大地同存。这些年来，当改革开放的春风吹拂古城侨乡，闽南金三角经济文化建设事业蓬勃兴旺，市井村镇、长街深巷再度升腾起南曲乡音优美迷人的旋律，南音这一颗中国古典音乐的明珠，又在故乡中秋、元宵的花灯月影里闪耀着璀璨夺目的光彩。自1981年以来，在古城泉州隆重举行了多次规模盛大的"海内外南音弦友大会唱"，那种举城欢腾、彻夜笙歌的情景，恰似蔚为大观的民间音乐艺术节。来自中国香港、台湾，乃至东南亚的弦友与故乡同胞同台演奏，共振宫商，确是"一曲乡音传海宇，何人不起故园情"！近年来，泉州南音代表团晋京献艺，蜚声乐苑；出访东南亚、日本、中国香港，轰动海外，为祖国和故乡人民赢得了荣誉。今年元宵，又将在这座历史文化名城举行南音大会唱，届时海内外弦友欢聚一堂，共唱乡音，共叙乡情，那该是一幅多么精彩感人的画卷！明月花灯辉映的东西塔下、洛阳江畔，飘绕不绝的南曲乡音定然会编织成深情的彩带，把海内外同胞那一颗颗渴望侨乡古城鲤跃龙腾的心，萦系在一起……

真正的艺术往往会引人神思飞翔，驰想无穷。尤其是在故乡的月夜，南曲醉人的乡音伴随着透明的月光沁入侨乡儿女的心扉。一位多次回到故乡参加南音大会唱的海外侨胞说得好："乡音把海内外同胞的心联系在一起，听到亲人演唱，好似沉醉在祖国和故乡的怀抱里。"

呵，故乡的月夜南曲，我真想化为一个音符，融汇入你富于魅力的旋律里，深情赞美锦绣侨乡的迷人风姿！

（原载《人民日报》1989 年）

陈瑞统，1942 年生，福建惠安人，笔名黎声、晓帆。1966年毕业于现福建师范大学中文系。曾任泉州市文联副主席兼秘书长，泉州市作家协会副主席。中国作家协会会员。著有诗集《侨乡抒情诗》《塔影》《人间真情》，散文集《刺桐赋》《写给

大海》《泉州游踪》《故园沧桑》《蓝色丝路漫记》《铿锵戈甲》
等，主编《泉州木偶艺术》等。电视剧剧本《潮声帆影刺桐港》
获全国电视银帆奖，《故乡泉州》获全国对外宣传电视录像评
奖二等奖，《赤兔马创业记》获全国群星璀璨报告文学征文二
等奖。

返照夕岚

小小说三题

◎ 吴安钦

探　望

徐一庆是一个单位的行政主官。他手下的人说多不多说少也不少，仅机关里就有 30 多号人。下属的人马认真算起来，起码有 1000 多人。不管人多人少，人，生老病痛总是常见的事。不是张三病了，就是李四受伤了，或者王五的爱人住院了，马六的爹娘旧病复发。一年到头，这种事不知要发生多少次。

但是，无论谁出现这种麻烦事，徐一庆坚持一个原则，除了因公发生的意外，单位才出面管之外，其他的，不但阿公的不管，他个人更不会管。比如，钱必钢打球不小心摔断了腿，住院了，而且花了不少医疗费，工会领导向徐一庆反映，并带有要领导上门看望的意思。徐一庆听说是因为打球打断了腿，便没好气地说，又不是公家请他打球，如果像这种情况都要去看望慰问的话，一年下来，要是有十个八个人都为了打球负伤而住院，领导又都一一去探望，要花掉多少时间？再说，去了总不能空手，看望一个伤者一两百元钱拿不出手，三五百元，公家怎么报销？要是都这样做，不等于鼓励这些年轻人去打球，去负伤？那么，工作靠谁来做呢？这样的话一出口，工会领导便不再言语了。于是，工会领导只好发动单位里与钱必钢相处好的同事，自觉自愿地去探望断腿的钱必钢。

与钱必钢情况不一样的是，柳国军的爱人病倒了。一查，却是个致命的重病。医生说了，花20万只能保一年，40万，可以保三年。柳国军的爱人也做过医保的，只是按规定，有许多贵重的药费不能报销的。柳国军的爱人和柳国军一样，都是退休的人。柳国军是什么人？他和徐一庆不但是同单位的，而且还是徐一庆的老领导。徐一庆之前是在乡镇，他通过他的朋友认识上柳国军后，采取一跑二请三送的办法，终于说动了柳国军。在柳国军一路关照之下，他很快成了本单位的二把手。柳国军退休之前，几句推荐话，徐一庆便成了接班人。柳国军家庭经济本来还行，几十年工作下来，有20多万元的积蓄，他们替孩子办完结婚大事后，将剩下的十多万元借给了亲戚做生意，结果，这亲戚的生意亏损到一塌糊涂，人都逃跑得无影无踪。据说，柳国军的老婆就是为这债权的事而病倒的。她住院3个月后，单位里所有和柳国军有交情甚至没有多少交情的人，出于同情或者关心，都三三两两上医院或者到柳国军的家探望一次，甚至两次三次。有人送水果，有人递上两三百元，表表心意。徐一庆呢，他知道吗？他当然知道。工会的领导就这事本不想找他，但是，出于柳国军是特殊人物，毕竟是徐一庆的老领导和提携人，专门向他提示了一次。没想到的是，徐一庆竟然说：这事我早知道了。问题在于病人是老领导的家属。如果家属都探望的话，能探望得起吗？再说，她前几年患病的时候，我已经看过一次了。探望病人是不能重复的。这话让工会领导彻底愣住了。

柳国军爱人患病期间，单位的同事至少都探望过一次。唯徐一庆例外。这样，人家在背后便对徐一庆有了或多或少的议论。说，这样做人行吗？当然，记得最牢的一定是柳国军本人。他想，徐一庆怎么会是这样一个人呢？一当领导，一点怜悯同情和恻隐之心都没有了？难道仅仅是为了节省下探望时需要花费的三五百元钱吗？他甚至有点后悔，当初自己被他的小恩小惠所动，调他进来又推荐提拔了他。

徐一庆如果对探望病人的事始终不感兴趣，那也罢了。问题是，没过多久，大概是柳国军家属还没出院时，突然有一天，徐一庆头晕目眩，把命看得比谁都重的他，上医院一查，竟是脑袋瓜子里长瘤了。想活命，必须动手续。动手术不是要花一大笔的钱吗？这么大笔的开支，除医保报销外，个人还要承担不小一笔的。这时候他才想起之前的事来。他顿时觉得自己对待探望的事做得有点不近人情。他想，要是自己住进了医院，万一人家也像他一样对待自己，偌大的一个单位没有一个人前来探望他，这不是太损自己的面子吗？这样，他想出一个补救的办法，决定发动全体员工为柳国军家属捐款。想干就干。他列出一大串要带头人员的名单，并私下一一征求意见。结果，他所找过的人员中，没有一人赞成他的做法。人家说，我已经探望过两次了，该给的钱都给了，不必再参加所谓的集体捐款活动。有一人表白得更直接，说，领导，你还是先了解一下没有探望过的人吧，让没探望的人先去探望一回，并告诉这些人，说不准，哪一天，他也会摊上这种事，甚至更麻烦的事。人是吃五谷杂粮的，能有一生不病不痛的人吗？

徐一庆不但发动不起来，还吃了一鼻子的灰。而且不久，正如他自己所料，真的要住院动手术。他从住院的那天起，一直盼望单位的同事去探望他。

你说，有人去探望他吗？

悔恨已迟

这个村的人，经不住外面的诱惑，纷纷往外跑。不久，偌大的一个村只剩下老人和孩子了。

他们在外面干什么？开网吧。开网吧本来是合法的，成年人进去一两个小时消费两三元钱。可是，他们都嫌来钱不够快不够多，就动了歪脑筋，不仅把未成年人放了进去，还在大厅的角落里设下了赌博机。他们将这些靠赌博机赚钱的营生叫"做点"。

王德龙和他的女人碧珠就在上海"做点"。

刚开始，王德龙只一人在上海忙着，老婆碧珠想跟着去，王德龙不答应。他说，孩子正读书，培养孩子重要。赚钱，他一人就够了。碧珠想想也是，赚多少钱还不是为了孩子，要是把孩子弄野了，变坏了，赚再多的钱财又有何用？她就依了男人，留在家里看管孩子。

不到半年，王德龙"做点"不仅收回了几十万元的投资，还赚下了30多万。王德龙揣着这些钱回乡盖了一幢全村最大最靓的房子。

碧珠看着这漂亮房子，有说不出的兴奋。但是，她一人躺在大床上想丈夫时，却怎么也睡不着。自己的男人在外面赚什么钱？为什么这么好赚钱？还有，究竟一天有多少进账？等等。她得有所了解。于是，她一个人悄悄地也来到上海。

不看则已，一看吓一跳，她男人开的网吧每天都有近万元的收入。看着白花花的钞票，碧珠心跳得厉害。

此时，王德龙单独经营着上海的网吧。每夜关店前，王德龙一人收钱忙都忙不过来。他正想让碧珠来帮忙。

碧珠看见有这么高的收入，也不想回家了。更重要的是，不是说"男人有钱就变坏"吗？男人耐不住寂寞，上桑拿泡泡小姐也就算了，要是勾搭上了女人，在上海滩买下房子另立门户金屋藏娇，那可不得了啦。她越想越怕，一番权衡，便决定留在上海。

另一边，没有父母监护的他们的孩子如脱缰的野马，加上有着优裕的物质生活，他们简直就像两只自由飞翔的鸟儿。

这时，有人也在王德龙的家乡开起了网吧。孩子禁不住这新鲜玩意的诱惑，它们像一块强力吸铁石，把王德龙的儿子大虎给深深地吸住了。比大虎小一岁的妹妹小雅，见哥哥沉溺网吧不吃饭，便送饭到网吧。大虎见了小雅，便动员她上网试着玩玩。结果，他们兄妹俩双双沉了进去。父母打电话回来，兄妹俩相互庇护，骗父母说，他们正用心做功课呢。

王德龙和他女人碧珠见两孩子乖，还真的满心欢喜哩。可是，他们不晓得，大虎和小雅简直乱套了。兄妹俩不去上课荒废学业且不说，温文尔雅的小雅，竟然迷恋上色情的东西，一个学期下来谈了三个男朋友，还把恋人带到自己家过夜。而大虎更甚，一副花花公子做派，天天灯红酒绿，和一帮狐朋狗友胡作非为，还染上了毒瘾。一次，吸过白粉后，一时兴起，竟然在网吧里强奸了一个年仅 15 岁的女孩。

等王德龙和碧珠闻讯从上海赶回时，悔恨已迟。碧珠大声哭喊着：这真是报应啊！

翟义的困惑

翟义原来是江东县的县长。一年前，他被调到市里的一个部门当正处调去了。他感到幸运。一是，这个"正处调"对他而言，是个很清闲的职位，办公室比当县长时还大，重要的是，上班可以爱来就来，不来，谁也不会过问。二是，他有了自己的爱好——书法。翟义明白，书法这艺术花多大工夫进去都不为过。他同时还懂得，字这东西，一靠写，二要善于推销，才能有受众。所以，这日子他仍然忙得不亦乐乎。有时，他还暗忖，自己要是没有这爱好，当下的日子还真的不知该怎么打发呢。

翟义对书法的兴趣是在他当上县长之后，也就是说，是在他50岁之后的事情。当时，一个领导送他"集思广益"四个大字，既让他受宠若惊，也让他揣摩不已。从字体到词义，他不知把玩了多少时光，几乎到了每天他都要先欣赏一番才能再行办公的程度。而且，一赏起来，他就流连忘返，欣喜万分。从此，他觉悟出：书法是高雅悦人的艺术。他自觉天赋高，潜力大，让秘书买来笔墨纸砚，开始精心钻研起来。

翟义迷恋上书法后，有了个很好的习惯，就是基本上不做应酬的事了。除了极为重要的饭局他不得不去之外，其他的，工作之余，就一个人关在办公室里挥毫泼墨。

这消息一传开，机关里轰动不小。附庸风雅者不少。县长学字，最开心的莫过于当地书法家协会的一班人。翟义刚开始也还谦虚，写的字谁都不给，甚至连看都不让大家看，写了扔，扔了写。一段时间后，他发现自己一直模仿的"集思广益"越来越像领导那遒劲飘逸的字体。此刻，他不禁得意起来。为了验证自己的成就，他让秘书通知县书协主席到他办公室来一趟。县书协主席正等着这一天，一接电话，连夜跑来。翟义不无得意地将自己最为满意的一幅"集思广益"请教书协主席。书法主席假装端详一番后，啧啧称叹，说，我真是有眼不识泰山哪！斗胆问翟县长，您这是何时修下的真功？翟义听了喜上眉梢，故做谦虚状说，我哪有时间修炼？纯粹是闲来胡乱涂鸦的。书协主席说，翟县长不必谦虚，不下真功何来此字？谅我俗人直言，您的大作应是书法市场上重量级的墨宝。您瞧，这四字别有洞天，笔锋使转藏露，中收外放，变化极致，气态舒敛得体，用墨浓淡相宜。让人一眼便知您县长大人用笔沉着，笔机相贯，字字含情，自具雍容绵长的大家气度。

翟义听这一番颇有行家艺术品位的评价，不知是恭维还是赞赏，他的脸上很自然地流露出快慰欣然的笑容。书协主席接着诚挚邀请翟县长一定要当县书协的名誉主席或者顾问，并请他为县书协招牌写字。翟义一番推辞后应承了下来。

书协主席走之前要走了翟义给他观赏的这幅墨宝。

让翟义没有想到的是，此后，向他要字的人多了起来。有的干脆带上自己想要的字句，有的则更直截了当，说，只要是翟县长的字，写什么都行。从此，这个县一时洛阳纸贵。翟义这个艺术县长顿时声名在外。

更出乎翟义意料的是，上门讨要他字书的人比办公事的还多。不仅艺术圈子里的人，圈子之外的，连乡村干部也来找他要字了。不过，这已经是一年之后的事情了。这一年里，经过县书协主席的张罗和县里资金上的赞助，翟义的作品有多幅参加了省展，其中还有两件入展国家级展览。这样，他很自然地成了全国书协会员，还当起了省书协的常务理事。这时的他，已经有了好几枚专门的艺术印章。这都是他的意外收获。

接着，他又有了根本没有想到的收获。他印象最深的是，一个村的村主任经书协主席介绍上门要字。他不好拒绝，便答应写。村主任按期来取，当他把字交给这村主任时，这村主任竟然塞来一个信封。翟义坚辞不要。可村主任说，翟县长，我不是贿赂您的，是您写的字的报酬。我是少给了。前年呀，我到一个名家那里要一幅字，那可是一字万金。而且，人家还不大愿意替我们基层写的。

翟义听此，也就半推半就地收下了。他想，他确实是花费了不少的真功夫才有如今公认的一手好字呢。

这一发而不可收。一传十，十传百，书家县长很快声名远播。向他索字的人一天比一天多，他的办公室门庭若市。一县之长找的人本来就多，再加上索字的人，他成了一个明星级的人物。常见的情景是，晚上，他晚餐还没吃完，等候在他办公室门口的人已成队伍了。见此，翟义只好摇摇头，但是，他的脸庞却笑得甜滋滋的，很明显地彰示他乐意的色彩。一次，他和朋友在餐桌上谈笑，说，如今的情况是，白天找他的人是要钱要命（人员编制），晚上找他的人是要字要画。他说，县里资金紧张，伸手要钱他就头疼。要字呢，他高兴，因为自己随便涂画一番就是人家眼中的一幅墨宝了。所以，他常单刀直入调侃找他的人：要钱，要命，还是要字，请明说。

被他这么一调侃，向他要钱的下属反而不敢吭声了。机灵的人见风转舵，由要钱赶紧转为向他要字。人们知道，向他要字他开心。县长能开心还愁弄不到钱？

果然，翟义的书法发生了微妙的变化。

就说那个通过县书协主席搞到翟义墨宝的村主任，后来竟然笑眯眯地跑到翟义家里去，恭维一番翟县长的书法艺术后，十分自然地向他提出了要钱的要求。翟义想到这村主任可是第一个给他送来润笔费的人，便心领神会，大笔一挥，于是县里就拨给这个村 20 万元的公路建设专项经费。

这秘密似乎没有秘密，很快在全县上下传个火热。一个个村庄、一个个乡镇，甚至大大小小的企业，他们的头头脑脑都绞尽脑汁要翟县长的字。翟县长更是忙得不亦乐乎。当他忙得实在疲惫的时候，他突发感慨，说：我干脆不当县长，写字去了！

说完这话没多久，让翟义万没料到的是，组织上真的把他调进市里当个正处调去了。这样，找他要钱要命的人当然没有了。让他大为困惑的是，此时，不仅书艺大进，而且大有泼墨时间的他，却没有人上门向他要字了。

吴安钦，鲁迅文学院福建省首届中青年作家班学员。著有长篇小说《第三种情感》，中篇小说集《流云逝水》《衣锦还乡》，中短篇小说集《天使》，短篇小说集《凤屿岛的秘密》，散文集《下屿岛渔歌》《祖母岛》《海连江之歌》，电视连续剧《风吹定海湾》等。有多部作品获奖。现为福建省作协全委会委员、福州市作协副主席。

返照夕岚

蓝·海

◎ 林秀美

慢下来在海边

在岸边慢下来

细细体会一片蓝

不说它拥有的浪花空旷的天

以及漫长的海岸线远大的陆地

大海的蓝

可以一朵朵连接飞鸟

连接黑色的沉重和惊心动魄的超临界

慢慢领悟

领悟有没有一朵花会

突然绽放一座山会突然消失

慢慢领悟那群人内心的光亮和海蓝

如何做到

永无止境有容则大

从南到北

大海的一朵朵蓝

可以给亲近的村庄喧闹的工厂

给那些飘荡的云朵那些迷失的羊群

给一些低飞的海藻

在众多清贫的身体里

只要放一朵蓝

就可以长出海的纹路和血肉

这些蓝

让黑夜的骨骼更加坚硬

横在我们之间的冬天是沉默的

披星戴月

我只说我来我说

我来看你亲爱的

如同一片风的到来

可以生色的画面可以吹走骨头的痛

可以拂去身体内那些顽固的牵挂

可以拥有金属般光泽的月色

可以抚摩到呼吸和心跳

可以倾听一朵蓝保留所有的真与善

亲爱的

在一个安然的晚上以一个合适的角度

想一个人的海一个人的蓝

失眠隔着黑夜唱歌那么

给我你的身体内的惊雷与闪电吧

给我你的蛇形山爆发的力量与惊喜吧

亲爱的

穿越我的灵魂

远道而来的黑色固体在我的码头

奔走如飞燃烧如火你听

蓝色的海在我的身体内

唱出多么美丽的

声音

林秀美，福建明溪人，中国作协会员。诗歌作品刊于《人民文学》《诗刊》等，被收入多种诗歌选本，出版诗集《水上玫瑰》《想象》《河流是你》。曾获福建省百花文艺奖等奖项。现为福建省作协副主席兼秘书长。

蓝·海

清白之年

◎ 郑泽鸿

山谷只有我的足音

山巅只有我的歌唱

狂野的呼号

穿过了浑浊的黄河，掠过阴山

大风激荡，羊群四散，尘土飞扬

荒芜的绝路上

太阳撕破云层

以巨大的光柱扶我

撞入梦幻般的白桦林

"吾善养吾浩然之气"

荡气回肠的金黄

环绕着我

将我拥有

郑泽鸿，1988 年出生，福建惠安人。现供职于福建省文联。大学时代开始发表作品，散见于《青年文摘》《福建文学》《天

返照夕岚

津诗人》《台港文学选刊》《福建日报》《鹿鸣》等海内外报刊，入选《青年诗歌年鉴》等选本，著有诗集《源自苍茫》，系福建省作家协会会员。

老兵不死

◎ 万小英

> 这小块墓地／躺着一位老兵／骨灰接地气／躯体已升天／战争的意志将与世同存／老兵不死／老兵不能长眠／待世上没有了战争／待人类共同享和平／待社会平等公正／看世界，问苍天／人间何时太平／谁能告诉我／何时能让老兵有一个安静的睡眠？
>
> ——题记（万里波）

一

2020 年 1 月，新冠肺炎疫情传来，各地管控日趋严格。

2 月，父亲发来一张照片，口罩、帽子、防护衣、红袖章，父亲"全身武装"地站在小区门口，原来他成为社区抗疫党员志愿者。父亲已经 75 岁了，身体一向健朗，但毕竟年事已高，我在"表扬"他的同时，也有所担心。

父亲说他是老党员，这种时候要带头。"不叫苦，不叫累，紧跟党的部署不掉队。"这是父亲在微信上给我留下的最后一句话。

南昌市董家窑街道、南昌市东湖区和江西电视台都市现场的微信公众号后来分别以《向您致敬！古稀老人奋战在抗疫第一线》《东湖区一线战"疫"党员群像》《南昌这个社区微信群晒出几张图，看完泪目了》为题，对父亲坚守党员和军人本色，古稀之年挺身战"疫"的事迹进行了报道。从中，我才知道那句话真正的含义是什么。

原来，自防疫工作开展以来，父亲第一个报名参加社区党员志愿者突击队，为社区抗疫工作献计献策，上门入户宣传、排查、值守等样样走在前。

在父亲的提议下，小区成立了由退休党员组成的抗疫小分队，于2月1日起在小区设立卡点排查进出人员。为确保一方平安，父亲冒着刺骨严寒和狂风暴雨，起早贪黑地奋战在卡口一线，为进出人员测温、登记、扫码和发放通行证等。在父亲的影响下，4名平均年龄72岁的党员群众也加入了抗击疫情的队伍。他们为辖区群众生命安全筑起了坚实堡垒。

二

"君问疫情何时了，全民阻击宅家中；天使军队冲前线，网观火神送瘟神。"这是父亲写的诗《战瘟神》。疫情全然改变了生活的样貌，人的命运同时被裹挟着。

父亲的身体一向很好，在我记忆里，他没有打过针住过院，

老兵不死

身体偶尔的小毛病总是抓点药调理一下就好了。他常说，父母的健康就是子女的福分。

因为疫情，父亲每天不再是去公园运动锻炼，而是坚守社区志愿者的岗位。小区门口是条巷子过道，寒风嗖嗖而过，父亲直到入院的前一天还在值守。2月9日起，他的身体出现不适，当时普遍认为医院染疫风险大，能不上医院就尽量不上医院。但挨了4天，13日父亲腹疼难忍，才到南大一附院就医，后被诊断为肠梗阻。14日情况急转直下，紧急手术后被送往ICU（重症监护病房）救治。15日，我从福州赶到南昌。

ICU平常允许家属上午和下午两次探视病人，但是在疫情特殊时期，为免传染，家属不允许入内。我们每天上午到医院，只能听医生几分钟的病况介绍。

父亲孤独地顽强地与"死神"战斗，与我们虽隔咫尺，实则远在天涯。因为插着呼吸机，父亲需要注射镇静剂处于睡眠状态，但是我们知道，哪怕只有一瞬间的意识，父亲一定会想我们，会想我们在哪里。

全家决定录音，让护士带进去放给父亲听。我们每个人都尽量轻松地和他"聊天"，母亲还唱了一首歌，父亲喜欢的军歌也录了一些。希望父亲听到我们的声音和昂扬的《我是一个兵》时，能安下心来，鼓起斗志。

那天，医生带来一个"好消息"，父亲可以脱离呼吸机一整天了。我一度以为一切都会好起来，但父亲只不过与我们开了个"玩笑"。

记得四五岁时，我和父亲走在路上。忽然父亲不见了，恐惧之下的我大哭，这时只见父亲的笑脸从路边的一棵大树后面闪出——他在与我玩"躲猫猫"！

三

　　父亲的笑脸没有等到。3月5日，医生发出"时间到了"的提示，并表示可以安排家属最后见一面。

　　整整20天，父亲在ICU奋战了20天，医生说不易。我想到，父亲定是为我们而坚持。他在给我们时间缓冲来接受这个事实。

　　晚上见到父亲，父亲让我心疼。一向帅气神气的他，幽默乐观的他，此刻双眼紧闭，嘴里插着呼吸机，可能一直打点滴，皮肤有些浮肿。我摸着他的脸、他额前的发，父亲的头发是银白的、细软的，他的手指有点凉。

　　我握着父亲的手，附在他耳旁絮絮叨叨，我知道他关心什么。我告诉他我很爱他。在这一生中，我们之间很少会说爱，但是我们都知道那是爱。我想，在这个世界，除了爱，还有什么能让我们甘心接受死亡，超越死亡呢？

　　3月5日是学习雷锋日，也是惊蛰。雷锋是父亲那一代人的榜样。我对父亲说，他和雷锋一样，是好战士，一生过得充实有价值。而惊蛰意味着瘟疫结束。父亲关心国家大事，希望国泰民安，我向父亲汇报了国内日益向好的抗疫形势。

　　父亲一定是能听到的，他的右眼窝涌出了泪水。我曾经也

老兵不死

见过父亲的泪水，爷爷去世，父亲抱着年幼的我，哭得很伤心。不记得当时的我有没有为父亲擦眼泪，这一次，我为他擦去泪水。

如果能静静地，就这样握着父亲的手，陪着父亲走完最后的路程，那该有多好。但是医生说平常或许可以，疫情阶段不允许。

又是疫情！我痛恨这个疫情！如果没有它，父亲就会每天规律生活，不会做什么抗疫志愿者，就不会突发疾病；如果没有它，即便父亲身体有恙，也不会拖延就医，起码不会拖那么长时间，完全可以治好；如果没有它，即便父亲在 ICU，也有亲人每日在侧给予力量信心，帮助康复；如果没有它，我的父亲就会回到我们身边。

3月6日凌晨，父亲离开了这个世界。那夜，我们姊妹三个在医院的楼下，等待着殡仪馆的车。雨下得很大，一树茶花开得特别艳。

3月8日，父亲下葬。那天是妇女节，父亲留下了母亲和我们姊妹4位妇女。那天也是父亲与母亲结婚50周年纪念日。

四

父亲是老兵。20世纪60年代，他在福建高炮某师611团服役8年，并在越南参加援越抗美战争。他的笔名与微信名都是"老兵"。老兵一生都在追求理想和生命的价值意义。

人是需要一些精神的，这是父亲常说的话。父亲一生坎坷，磨难重重。在战场的硝烟炮声中，他见过无数的生死，也经历过生死一线；在世事沧桑中，他曾历经困顿、苦楚，很多时候就是靠他强大的精神力量闯过来的。他说，比起那些牺牲在战场的战友们，能够活着就很知足了。

60岁退休后，父亲着手创作，历时6年完成30万字的《越战兵情》书稿。这是一部以援越抗美战争为背景，以父亲亲身经历为素材的长篇小说。看完之后，我很激动和感动，原来父亲这样有才华！原来那一代人这样蓬勃、勇敢、坚定！

"人，最甜的是思念，最苦的是思念，最无赖的也是思念。它看不见，摸不着，闻不到，不能与人分享。它让人揪心，有的也让人舒坦。"这是父亲写在笔记本上的"自语"。父亲深深地思念着远去的战友，他不辞辛劳地写作，就是觉得生者负有责任，要将他们以及那段岁月留存下来，为后人所知。

令人遗憾的是，这部小说目前未出版，这也成为父亲的心结。

"这小块墓地 / 躺着一位老兵 / 骨灰接地气 / 躯体已升天 / 战争的意志将与世同存 / 老兵不死 / 老兵不能长眠 / 待世上没有了战争 / 待人类共同享和平 / 待社会平等公正 / 看世界，问苍天 / 人间何时太平 / 谁能告诉我 / 何时能让老兵有一个安静的睡眠？"这首《老兵不死》，不知父亲作于何时。但"交"到我们手上，似乎冥冥有意。

父亲的后事办完，我从墓地回来，收拾行李准备回福州。忽然想带上父亲的电脑，用于整理遗稿。找到角落里的电脑包，里面有张纸，上面正是《老兵不死》。那个时候，脑子"嗡"的一声，很是震惊：此时此景，父亲似乎预知，并予以应答。父亲大声地"敲打"我们：若人类和平，人间太平，老兵何妨长眠？否则，老兵不死！

父亲是老兵，生命的最后还在战"疫"。人们需要不死的老兵。我只祈愿人类和平，人间太平，让我的老兵安心长眠！

万小英，《福州日报》主任编辑，福建省作协会员，福州市晋安区作协主席。

返照夕岚

268

也说福州方言特色

◎ 施晓宇

一、从福州方言说起

福州方言源出闽东方言。作为使用范围有限的一个地方方言，流行于福建省省会福州一带（鼓楼区、台江区、仓山区、马尾区、晋安区、长乐区、福清市、闽清县、闽侯县、永泰县、连江县、罗源县）及平潭综合实验区等地的福州话，有行将消亡的危险，因为年轻的福州人基本不会讲或讲不清楚福州话了，有例可证。

如：去斋（上学），落堂（下课），暝晡（晚上），明旦（明天），汉码（个子），白鼻（小丑），野悬（很高），前斗（前面），后斗（后面），古早（早先），癫脬（疯子），打单（跟跄），白胶（松香），病泻（拉肚子），股川（屁股），老婿（老子），细话婆（长舌妇），小边手（左撇子），什毛辰候（什么时候）……

以上这些简单、常用的口头语，多数年轻的福州人已经不知其含义了。这种情形在全国各地带有普遍性。其实，福州方言独具地方特色，理应加以保护和发扬光大。

福州方言属于闽东方言区。闽东方言区可以细分为南、北两片。北片包括：宁德市蕉城区、福安市、霞浦县、周宁县、寿宁县、柘荣县、福鼎市共 7 个县市区，北片方言的代表是福安话。南片包括以福州为中心的闽江下游各县市：福州市区、平潭综合实验区、福清市、闽清县、永泰县、屏南县、古田县、罗源县、连江县 9 个县市区，南片方言的代表是福州话。

　　闽东方言是福建省的七大方言之一，早于唐末五代时期就已定型，在福建方言中占有重要的地位。福建又称"八闽"，这是自宋代开始的称呼。北宋的福建路，共有 8 个今天地市级的行政单位：福州、建州、泉州、漳州、汀州、南剑州、邵武军和兴化军。福建省名就由福州和建州各取一字组成。福建省语言学会会长、厦门大学人文学院教授李如龙在《福建方言》（福建人民出版社 1997 年版）书中，把福建分为七个大方言区：闽东方言区，代表是福州话；闽南方言区，代表是厦门话；闽北方言区，代表是建瓯话；闽中方言区（永安、三明、沙县），代表是永安话；闽西客方言区，代表是长汀话；闽西北赣方言区（泰宁、建宁、将乐、邵武、光泽），代表是邵武话；莆仙方言区。

　　我们知道，中国也有七大方言：即官话方言、吴方言、湘方言、闽方言、粤方言、赣方言、客家方言。福建居然占了其中的五大方言：官话方言、吴方言、闽方言、赣方言、客家方言，可见福建方言复杂。

　　福建方言是古代汉语的"活化石"。比如闽北 ＡＡＡＡＡ 景

返照夕岚

区"大金湖"当地的泰宁话中,稻子叫"禾",穿叫"颂",房叫"厝",说话叫"话事";又如福州方言中,锅叫"鼎",筷叫"箸",你叫"汝",她叫"伊",站叫"企",蛋叫"卵",狗叫"犬",喝叫"啜",新娘叫"新妇",下雨叫"掉雨",下车叫"落车",狗叫叫"犬吠",回家叫"转厝",吃早饭叫"食早",吃午饭叫"食昼",吃晚饭叫"食暝",抽烟叫"食烟",喝酒叫"食酒",吃力叫"食力",死人叫"死侬"。

福州方言在外地人听起来,简直不知所云。所以,凡到过福州的外地人总是形容难懂的福州方言像"鸟语"。比如,福州人把父亲说成"郎罢",把母亲说成"郎奶",把洗脸叫"洗面",把洗脸毛巾叫"面布",把十个叫"十其",把外面叫"外斗",把一整天叫"个郎日",把地方叫"位处",把里面叫"底势",把地上叫"地兜"……外地人听起来自然像"鸭子听雷公——半句不懂"。

由于历史上,福州人大多是我国中原移民的后裔(河南人为主),又由于福州建城2200年来长期处于偏僻的东南一隅,远离国家政治文化的中心,语言交流相对封闭、滞后,所以福州方言虽然融合了当地的语言发音,也至今保留有许多中国北方古代汉语的"活化石",可外地人听、说、理解起来确实有很大困难。好比"厝"通常当动词使用,有安置、停柩等含义,但在闽南话、闽北话、福州话、莆田话中,当名词用,把居住地叫"厝"。位于闽清县坂东镇新壶村的"宏琳厝",就是中国最大的单栋建筑古民居。

二、"起动"与文学名著

福州方言还擅长使用"起动"一词。最典型的例子是福州人在日常生活中，向别人道谢很少说"感谢"，而习惯说"起动"，就是"有劳大驾"的意思。这是相当文雅而古老的敬辞。就好比至今在闽南乡间，路人向老人问路，老人回答后，路人不说"感谢"，而说"费神"，就是"浪费你的精气神"的意思。这同样是相当文雅而古老的敬辞。而在中国古典文学名著《红楼梦》《水浒传》《西游记》《金瓶梅》《儒林外史》《全元曲》中都有关于使用"起动"一词的记载。

（一）《红楼梦》

《红楼梦》第 62 回《憨湘云醉眠芍药茵呆香菱情解石榴裙》里这样写道："（一群丫鬟）刚进来时，探春，湘云，宝琴，岫烟，惜春也都来了。宝玉忙迎出来，笑说：'不敢起动，快预备好茶。'"

这是贾宝玉生日那天众女子来拜寿时，贾宝玉说的话，使用了"起动"一词。

（二）《水浒传》

《水浒传》第 23 回《王婆贪贿说风情郓哥不忿闹茶肆》里这样写道："那妇人（潘金莲）道：'归寿衣正要黄道日好，何用别选日。'王婆道：'既是娘子肯作成老身时，大胆只是明日，起动娘子到寒家则个。'"

这是王婆借口以做寿衣为名，给西门庆与潘金莲偷情牵线时向潘金莲说的一段话，使用了"起动"一词。

（三）《西游记》

《西游记》第31回《猪八戒义激猴王孙行者智降妖怪》里这样写道："行者见玉帝如此发话，心中欢喜，朝上唱个大喏，又向众神道：'列位，起动了。'"

这是孙悟空求助玉皇大帝派众神缉拿住私自下凡捣蛋的二十八星宿中的奎星（奎木狼）——黄袍怪后，向列位神仙表示感谢时说的话，使用了"起动"一词。

（四）《金瓶梅》

《金瓶梅》第45回《应伯爵劝当铜锣李瓶儿解衣银姐》里这样写道："（吴银儿向李瓶儿的丫鬟迎春）笑嘻嘻道：'又起动姐往楼上走一遭，明日我没甚么孝顺，只是唱曲儿与姐姐听罢了。'"

这是李瓶儿送衣服给吴银儿，让丫鬟迎春去取时，吴银儿向丫鬟迎春说的客气话，也使用了"起动"一词。

（五）《儒林外史》

在《儒林外史》第1回《说楔子敷陈大义借名流隐括全文》里，知县时仁十分欣赏画家王冕画的"没骨花"，遂派人慕名求见。书中写道："差翟买办持个侍生帖子去约王冕。翟买办飞奔下乡，到秦老家，邀王冕过来，一五一十向他说了。王冕笑道：'却是起动头翁，上覆县主老爷，说王冕乃一介农夫，不敢求见；这尊帖也不敢领。'"

王冕作为一介农夫，也使用了文雅的"起动"一词。

以上实例说明，福州方言常用的"起动"一词，与中国古典文学名著有着千丝万缕的关系。而这个原本产生于北方中原大地的敬辞，在东南一隅的福州得以保留并使用至今，也是很神奇的一种语言存在现象。

三、福州方言其他特色

我将福州方言与众不同的其他语言特色归纳如下。

（一）量词使用独特

如"洗一遍衣服"，福州方言里则说："洗一过衣服。""洗几遍衣服了？"福州方言则说："衣裳洗几过了？"

更奇怪的是，在福州方言里，关于动物的量词，无论其对象大小，都只有一个，即为"头"，可以一"头"到底。

如：一只蚂蚁、一尾鱼、一条蛇、一匹马、一峰骆驼，换成福州方言来说，则通通是一头蚂蚁、一头鱼、一头蛇、一头马、一头骆驼、一头大象，还有一头鸡、一头狗、一头鸟、一头羊、一头猫、一头虫、一头牛、一头驴、一头骡、一头豹子、一头老鼠、一头乌龟、一头蜻蜓、一头蝴蝶、一头狮子……

（二）称谓使用独特

在日常生活中，福州人喜欢使用"依"称呼亲人、亲戚和邻里，可以一"依"到底。

如：依奶（奶奶）、依爸（爸爸）、依妈（妈妈）、依舅（舅舅）、依伯（伯伯）、依姑（姑姑）、依姐（姐姐）、依妹（妹妹）、依哥（哥哥）、依弟（弟弟）、依嫂（嫂嫂）……

（三）重叠词使用独特

有关名词、动词、形容词都可以重叠使用，尤其喜欢把关于颜色的形容词加以重叠，把日常生活的用具加以重叠。

名词：骨骨（骨）；汤汤（汤）；汁汁（汁）；角角（角）；板板（板）；架架（架）；壳壳（壳）；袋袋（袋）；盒盒（盒）；碗碗（碗）；碟碟（碟）；盘盘（盘）；瓶瓶（瓶）。

动词：是是（是）；食食（食）；觑觑（觑）。

形容词：俊俊（俊）；横横（横）；惊惊（惊）；定定（定）；真真（真）。

形容颜色的：红丹丹、乌秃秃、白雪雪、白恰恰、青冒冒、生冒冒、花溜溜。

还有，如：安心、崭新、特意、搭缠、干急、圆圈、单方等，福州方言里分别说成安安心、崭崭新、特特意、搭搭缠、干干急、圆圆圈、单单方。

又如，半半日、直直话、空空手、嗽咳咳、屐屐板、滚滚汤、矮碌碌、抖抖颤、冰冻冻、空寥寥、光溜溜、车车转、死倪倪、输光光、四角角、根根蒂蒂、正正当当、四四角角。单是形容一个"叫"字，福州方言里就有"喝喝叫""嘎嘎叫""徐徐叫""虚虚叫""喳喳叫""死死叫"等十几种不同的叫法。

再比如，你告辞时，主人会客气提醒你："慢慢行。"你向福州人问路，而那条路恰好就在前方，他会告诉你："直直行。"与司马迁的老家陕西韩城人说"端端走"是同一个意思。

（四）擅长使用倒装词

先头，福州方言叫"头先"；款式，福州方言叫"式款"；勉强，福州方言叫"强勉"；俭省，福州方言叫"省俭"；合适，福州方言叫"适合"；式样，福州方言叫"样式"；底下，福州方言叫"下底"；早起，福州方言叫"起早"；纵容，福州方言叫"容纵"；兴起，福州方言叫"起兴"；叫号，福州方言叫"号叫"；总共，福州方言叫"共总"；咸橄榄，福州方言叫"橄榄咸"；乱纷纷，福州方言叫"纷纷乱"；吐泻病，福州方言叫"病吐泻"；硬邦邦，福州方言叫"铁铁硬"。

还有：巴哑（哑巴）；街当（当街）；猪母（母猪）；鸡角（雄鸡）；鸡母（母鸡）；鸭母（母鸭）；鸭雄（雄鸭）；牛母（母牛）；犬母（母狗）；犬角（公狗）；人客（客人）；闹热（热闹）；鞋套（套鞋）；斗前（前斗）；尾后（后尾）；风台（台风）等。

（五）强烈的幽默感

形容一个人虚张声势，福州方言里说他是"张死款"。

形容一个人会吹牛，福州方言里说他是"拍铁铜"。过去江湖艺人卖狗皮膏药，为了骗人，总是用一把铁铜拼命拍打自己赤裸的胸脯，然后贴上狗皮膏药，表示贴了狗皮膏药后身体恢复强壮、药效显著。

形容一个人很好高、很骄傲，福州方言里便说他："侬嘎鼓闹前，心肝太考代哟闹（人在鼓楼前，胸脯挺到大桥头）。"鼓楼前和大桥头是福州市区两个相距很远的地方，一个人站在鼓楼前，胸脯是怎么也不可能挺到 10 公里外的大桥头的，于是这句话里的讽刺意味加倍体现。还有一句类似的福州方言也有异曲同工之妙："冇最朽高破（没水泅九铺）。"旧时，一铺等于十里，九铺则是泛指很远的意思。一个人在没有水的旱地里也能像游泳一样游出几十里去，这个人真够"了得"的。

还有，形容一个人小气，说他是"屁乃当咸歇（鼻屎当盐吃）"或者"駭官菜断迭漏（陶棺材断滴漏）"。

形容小孩不听话："蠓子叮吴够（蠓子叮牛角）。"

形容一个人凡事爱抢先："前鼎未滚后鼎叭叭滚（前锅未沸后锅沸沸扬）。"

领会福州方言的各种语言特色，有助于我们了解和掌握福州方言的奥妙，有助于福州与外地进行文化交流，有助于福州方言的保留和传承。

施晓宇，男，1956 年生于福州，籍贯江苏泰州，福建师大历史系和北京大学中文系毕业。1992 年以来出版小说集《四鸡图》，散文集《洞开心门》《都市鸽哨》《思索的芦苇》《直立的行走》，摄影散文集《大美不言寿山石》，杂文集《坊间人语》等。中国作家协会会员，福建省阅读学会副会长，福州大学人文学院教授、硕导。

也说福州方言特色

好一座筹峰山

◎ 朱谷忠

　　山，是大自然运动的产物，是天地间的骄子，也是世代风气先觉者、先行者、先倡者尊崇的对象。

　　不是吗？天下多少山峦，都曾给不畏攀登的人以不尽的启迪，使他们发出时代之先声、开启社会之先风、勇拓智慧之先河，从而推动了社会变迁和社会变革。从这个意义上说，山也赋予先行者们担当和价值。有了这样的责任担当，带着使命前行，就能跳出方寸天地，告别狭仄浅薄，远离轻佻浮华，从而进入一个个格局开阔、气象宏伟的天地。

　　长乐筹峰山，就是一座给人不尽启迪的山。

　　筹峰山雄峙于闽江口南岸，因"山峦耸云表，若筹也"而得名，绵亘数十里，海拔600多米，与福州鼓山遥遥相对。长乐民谣"一旗二鼓三筹峰"，指的就是闽侯的旗山、福州的鼓山、长乐的筹峰山，为闽江沿岸三座名山。古今闻名的德成岩，就坐落在筹峰山中，闽省旧志称之为"筹岩"。这里边，自然景观星罗棋布，有36洞天、108景。明代吏部左侍郎刘沂春，名其中八奇景为："日出扶桑""潮生海岸""夜月松涛""游

返照夕岚

云归洞""书台泉涌""文笔插天""步虚仙子""听法神龟"。

关于筹峰胜景，长乐史志更有精美的描述："……每当穷阴积雪，凝华万叠，瑶草琪花，璇房琼室，千姿百态之时，大有空桑、峨嵋之胜概。"故清乾隆间知县贺世骏，将"筹峰积雪"标为"吴航十二景"之一。

如今，雪景已然过去。然而，且慢叹息的是，筹峰的德成岩，却愈发成为长乐山海交响中一段最为迷人的乐章，也成了一道扣人心弦的"山石风景线"。你看它，得益于天地蕴藉，云蒸霞蔚，流光溢彩，也感佩于先民爱惜，不仅保留了一份原始纯真的风貌，而且以大自然变化带来的丰厚蓄积，吸引着无数世人的目光。细究，它由周围数里范围内诸多天然奇景构成，如鲤鱼尾、一线天、响石峰、云中帆、鸢嘴峰等。若天清日朗，在此俯瞰山河大地，眼底自有气象万千，令人叹为观止。原来，千里闽江到此入海，波滚浪漾，声势非凡；往更高处看，琅岐岛、壶江岛、川石岛以及闽江口两岸乡镇山川田野尽收眼底；"五虎守门""双鱼把口""金鸡报晓""白猴戏水"诸景观清晰可见。继续远眺，则马祖、白人、东咔以及御国山下诸岛屿均在眼前……

如此，从这里眺望，就会感受到杜甫"荡胸生层云，决眦入归鸟"的诗说，大约追求的就是这样一种雄阔的体验。

视线回收，但见大筹岩上，石林插天，山上有"步虚仙子""凌云骆驼""仙人桥""巨灵峰"，还有雄奇秀丽的"莲花峰"、含苞待放的"菡萏峰"及"纱帽石""玉印石"，下有巨石叠磊的"观音洞""品岩洞""过溪阶""磨层石""獭狸谷"等，触目成景，过目难忘。可以看出，其中许多景点可能是读书人命名的，但也有些景点，大约是当地人随物赋形，不事夸饰、直截了当拟定的，好就好在不管是"阳春白雪"或是"下里巴人"，他们都贡献了智慧，就是不留姓名。

筹峰山有故事。据长乐县志载：唐代咸通初（860），福建历史上第一位思想家伸蒙子林慎思，与其兄弟五人筑室读书于此岩中，他们披日月之光华，享古松之清风，灵魂归真，心灵参悟，又得"山川云雾之奇"，励志治学，先后"并擢高科"，得中进士，"五桂联芳"传为佳话。宋代理学大师朱熹，曾游筹岩，遂题岩名为"德成岩"，改"门楼精舍"为"德成精舍"。

由此证实，德成岩无疑是筹峰山的精华部分。岩中层峦叠嶂，怪石嶙峋，苍松翠竹，郁郁葱葱；寺观殿堂，院墙屋脊，流金飞彩，掩映其中。登上德成岩，但见千峰拱秀，万派流光。若拾级登上云梯，穿过天成不二法门，却是一个秀壑壶天、境界极为清幽的所在。巨石下，有一天然石室，约略高一丈，宽一丈五尺，上下平坦如削，这就是德成石室，室内供一尊宋刻青石观世音菩萨像，其神态及衣褶线纹都十分精美，为德成岩镇山之宝。由于山景优美，名流追崇，加上诸多美丽传说，所以朝拜者众多，香火鼎盛，千年不绝。每逢农历初一、十五，进香的善男信女更是熙熙攘攘、竞相登临。引人称奇的是，石室中有一泓清泉，刚好自观世音菩萨脚下涌出，聚在殿前一个宽不过两尺、深不过一尺的小池里，多少年来，用之则取而不尽，不用则满而不溢，故被乡人称为"观音泉""甘露水"，古人名之曰"福善灵泉"。当地人称，如用此泉浸泡山上野生的南方人参——山苍子，简直是仙液琼浆。由此，"天然石室""千年观音""福善灵泉"，人称德成岩三宝。

还需一提的是，石室之西的岩石上有一宋刻碑文，即著名的《伸蒙岩石刻记》，内容记有唐林慎思重置读书堂于此及两宋时期岩、宇兴废史实。石室之东建有伸蒙子特祠、德成岩禅寺、九仙观等，飞檐斗翘，古香古色。伸蒙子特祠门口有一圣旨碑，宽二尺半，高一丈余，直书"奉旨重建德成岩"，为清乾隆二十七年（1762）长乐知县贺世骏所立。

据记载：伸蒙子特祠前身是林慎思五兄弟所筑读书堂，唐朝皇帝旌表其门"儒英忠义"，昭立专祀，历代又多有宠赐重修。祠中楹联多为名公巨卿所撰，明代刑部尚书郑世威、礼部尚书林尧命、户部主事黄周星、礼部尚书马司理、吏部左侍郎刘沂春，以及陈尚庚、刘鼎等都在此留下联句。正厅原两副柱联分别题曰"岩表德成在闽中独先诸子，家藏续孟视海内犹多一经""报国精忠垂宇，著书大义炯星河"，后者为明刑部侍郎郑世威所撰，儒学气氛极浓。"德成精舍"自朱熹题名后，名闻遐迩，元时改称"德成书院"，从此成了吴航古代首屈一指的乡庠。石室西侧，岩石后方有一石洞，可盘折而上。穿过石门洞即是巨石顶上的"罗汉台"，石面平坦，可坐数十人，但其前方及左右三面均为峭壁悬崖，十分险峻，背侧岩石重叠交错，险陡崔嵬。"听法神龟"盘踞在群石之上，"默然不息若首之形"，天造地设,惟妙惟肖。紧挨着罗汉台的后方岩壁上隶书"海潮观"三字,走近可见一通天洞府,传说是八仙聚会的地方,从这里眺望台湾海峡,但见"扶桑一碧万顷",极是壮观!

筹峰山风光旖旎,德成岩景色迷人,其自然景观、人文景观,无不引人一览为快,其中摩崖石刻、诗文联句,既有历史人物的英才伟略和忧国忧民的气节,也有书法家精湛的笔墨和追求书法艺术的执着信念,使人思之再三,流连忘返。

总之,筹峰山不是半天一日可以游完的,它就像一本厚重的典籍,只有慢慢地深入,细细地品读,才会引发内心真切的领悟,深情的吟唱。可喜的是,近些年来,筹峰山开发果林场,满山遍种龙眼、荔枝、枇杷、柿子等四季水果,而且由山下林慎思故里村口修筑了一条水泥路,逶迤经过果园到达德成岩景区,游人日益增多。在新时代的阳光普照下,德成岩千年胜迹正呈现出一派勃勃生机。

朱谷忠,福建莆田人。中国作家协会会员。著有《乡野情歌》《潮声》《五彩恋》《酒吧小姐》《红草莓的梦》《回答沉默的爱》《笑傲黄金》《朱谷忠散文选集》《花开的声音》《新闻内幕》等。

返照夕岚

图书在版编目(CIP)数据

返照夕岚/"峰岚·精品库"编委会编. —福州:海峡
文艺出版社,2022.7
(峰岚·精品库)
ISBN 978-7-5550-3018-8

Ⅰ.①返…　Ⅱ.①峰…　Ⅲ.①中国文学—当代文
学—作品综合集　Ⅳ.①I217.1

中国版本图书馆 CIP 数据核字(2022)第 097021 号

返照夕岚

"峰岚·精品库"编委会　编

出 版 人　林　滨
责任编辑　朱墨山　林　颖
出版发行　海峡文艺出版社
经　　销　福建新华发行(集团)有限责任公司
社　　址　福州市东水路 76 号 14 层
发 行 部　0591—87536797
印　　刷　福州印团网印刷有限公司
厂　　址　福州市仓山区十字亭路 4 号金山街道燎原村厂房 4 号楼
开　　本　720 毫米×1010 毫米　1/16
字　　数　190 千字
印　　张　18
版　　次　2022 年 7 月第 1 版
印　　次　2022 年 7 月第 1 次印刷
书　　号　ISBN 978-7-5550-3018-8
定　　价　79.00 元

如发现印装质量问题,请寄承印厂调换